U0710217

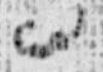

三益齋吟草

鄭福田 著

中華書局

圖書在版編目(CIP)數據

三益齋吟草/鄭福田著. —北京:中華書局,2010.1
(2016.4 重印)
ISBN 978-7-101-07165-8

Ⅰ.三… Ⅱ.鄭… Ⅲ.古體詩-作品集-中國-當代 Ⅳ.I227

中國版本圖書館 CIP 數據核字(2009)第 242329 號

責任編輯:朱振華

三益齋吟草
鄭福田 著
*
中華書局出版發行
(北京市豐臺區太平橋西里 38 號 100073)
http://www.zhbc.com.cn
E-mail:zhbc@zhbc.com.cn
北京瑞古冠中印刷廠印刷
*
630×960 毫米 1/16 · 22½印張 · 2 插頁 · 180 千字
2010 年 1 月第 1 版　2016 年 4 月北京第 2 次印刷
印數 3001-5000 冊　定價:56.00 元

ISBN 978-7-101-07165-8

出版説明

鄭福田，室名三益齋，一九五六年八月生，内蒙古翁牛特旗人。教授，碩士生導師。現任内蒙古師範大學副校長，中國民主促進會内蒙古自治區委員會主任委員，全國政協委員，内蒙古自治區政協副主席。

鄭先生長期從事中國古代文學研究和教學，餘事詩詞創作，成績斐然。其律絶雲舒霞卷，情味雋永；其詞境婉轉清華，摇曳生姿；其古風縱横捭闔，奇想天外。本書收録他近年創作的舊體詩詞七百二十首。爲了便利讀者閲讀，就内容大略分作「草原風懷」、「中華心印」、「鄉國關情」、「節候怡人」、「浮生文韻」、「物我欣然」、「學海詩航」七個章節，每個章節則按體裁排列，依次是七律、五律、七絶、五絶、七古、五古、詞。附録碑記、賦文四篇。

作者生逢中華復興之盛世，仰沐偉大祖國之恩光，心中洋溢着樸厚深摯的赤子之情。「草原風懷」一百零一首，是對天堂般神聖的草原以及至純至真的風物人情的虔誠禮贊；「中華心印」一百首，吟唱歌頌祖國的壯美山川和城郭人民；「鄉國關情」八十二首，繫念家事國事，從不同側面展示着家國縈懷的真實心態和爲國民、爲人子的難忘記憶；「節候怡人」七十一首，描摹歲時節物風俗風情及其流轉的特殊感受；「浮生文韻」一百五十七首，認真記録着生活之多彩生動以及友朋親舊間交際往還之深長趣味，從心底感謝着生活的慷慨賜予并爲之喝彩；「物我欣然」九十三首，體現着敬畏生命、熱愛自然，對一草一木、一蟲一魚皆當同情的不移理念；「學海詩航」一百一十六首，實係治學讀書生涯所留下的頗見性情之雪泥鴻印。

中國是一個詩的國度，從第一部詩歌總集《詩經》，到楚辭，到唐詩，詩歌的歷史源遠流長，碩果纍纍。千百年來，詩歌以其特有的審美特徵和文學魅力，成爲我國傳統文學領域中的主要的文學樣式，成爲傳統文學園地中的絢爛奇葩。在不斷地創作與傳習的過程中，詩歌不再僅僅是創作者「心聲」的表達，更被賦予了無與倫比的教化功能。有鑒於斯，我們編輯出版這本詩集，希望讀者諸君通過這些真淳清新的詩篇，真正領略個中豐富的思想内涵和審美情趣，啓迪智慧，陶冶性情，感悟人生，守望我們值得永遠葆有的詩意的精神家園。

中華書局編輯部
二〇一〇年元月

序

王學泰

中華書局的編輯先生寄來鄭福田先生《三益齋吟草》的一大摞校樣索序於我，我本與鄭先生不相識，序無從寫起，謝絶再三，編輯以爲我曾從事詩歌史研究，近來又發文談今人所寫的舊體詩問題，必有話説。待展卷讀之，遂沉浸其中，爲其清辭麗句所吸引。這些作品不僅寫得中規中矩，詞采盎然，而且有情感、氣韻流動其間，這對於今人來説是頗爲不易的，因爲許多人認爲舊體詩這種形式已經死亡。

自從進化論傳入中國，新學界大多數人也認同了文學形式不斷演進，於是，就形成了新的體裁産生了必然預示着舊體裁的滅亡的結論。王國維先生在一九一三年撰寫的《宋元戲曲考》的「自序」裏，一開篇就説：

凡一代有一代之文學：楚之騷，漢之賦，六代之駢語，唐之詩，宋之詞，元之曲，皆所謂一代之文學，而後世莫能繼焉者也。

雖然王先生没有説唐以後無詩，宋之後無詞，元以後無曲，然而這個只肯定「唐有詩」觀念對後來新學者有很大影響，最典型的就是陸侃如、馮沅君夫婦寫於一九三一年的《中國詩史》。這部著作中唐詩之後，緊接宋詞，片言不及宋詩以及元明清詩；宋詞之後緊接元曲，片言不及元明清詞，似乎這些毫無成就可言。這是許多新文化人的想法，連魯迅這樣的大家也認爲唐人已經把好詩寫完，後人不必再在這種體裁上下功夫了。他在給楊霽雲的信中説：

來信于我的詩，奬譽太過。其實我于舊詩素未研究，胡説八道而已。我以爲一切好詩，到唐已被做完，此後倘非能翻出如來掌心之「齊天大聖」，大可不必動手，然而言行不能一致，有時也謅幾句，自省亦殊可笑。

不過這些都是新派文人的意見，大部分學者還不是這樣看，文學史照樣講宋詩，許多辭章之士還在寫舊體詩，因爲那時凡是受過舊式教育都會寫兩句舊詩，「熟讀《唐詩三百首》，不會做詩也會吟」。舊式教育中《千家詩》《唐詩三百首》《詩韻合璧》等書就是教材，吟詩作對就是作業，而且詩歌在當時有着重要的社會功用，朋友往來酬酢，就少不了詩歌，連毛澤東主席從延安到重慶談判都要帶上一首《沁園春》，文士更是把它作爲一種生活技巧來學。由於還有讀者，那時許多報刊上都有發表詩詞的專欄，還有人對於當代詩詞創作加以評騭，登載舊體詩詞的報刊也多有連載的詩話或詞話。魯迅給楊霽雲信中說到林庚白對他的舊體詩的評論就出自林在《晨報》上連載的《孑樓詩詞話》。至於結社賦詩、雅集唱和，是許多有文化而又生活富裕人們所熱衷的。有些雅興很高並熟悉當代詩詞創作的學者還做「詩壇點將録」或「詞壇點將録」，把當代舊體詩人、詞人按照水泊梁山一百零八將排列並一一加以評點，既是文學批評，又是文化遊戲，好玩而且好看。如汪辟疆、錢仲聯先生等。因此，儘管理論前衛，但現實生活還是由傳統的教養和習慣支配，是兩股道上跑的車，互不干擾，各行其是。魯迅是新文化的代表，可是作爲現實生活中的文人，他也未能免俗，既然「達夫賞飯」「閑人」只好「打油」，因此他不免要自嘲「言行不能一致」「自省亦殊可笑」。這便是文化多元下的生動景象。

自上個世紀五十年代以來，由於社會轉型，逐漸向政治、經濟、社會、文化一體化方向發展，許多舊的文學體制受到質疑，舊體詩就是其中的一項。今人創作的舊體詩還算不算文學就成了問題。雖然沒有作爲一個理論問題提出討論，但從當時的文學刊物來看已經把它摒棄出文學範疇之外，幾乎沒有文學刊物和報紙副刊發舊體詩了。一九五七年一月《詩刊》創刊，第一期就發表了毛澤東主席舊體詩詞十八首與給《詩刊》主編臧克家的信，對舊詩看法才有所改變。然而許多人還是認爲只有毛主席的舊體詩是詩，是了不起的文學作品，這也只是個特例。因此舊體詩在文學領域一直是「妾身未分明」的。比如在我工作的中國社科院文學研究所，在詩歌史研究中從古代到近代的三四流的詩人也有人關注；而現當代詩歌史中的舊體詩的研究幾乎是零，是没有什麼人關心的。一九五七年以後，報刊上雖然偶爾也發表些舊體詩詞了，但作者多是高官，或民主黨派中的上層人士，即使偶有知識分子的作品（如蘇步青、夏承燾、高亨等）出現，那是一種很高的政治待遇。不是什麼人都能發舊體詩的。我没有見過普通作者或詩人的舊體詩出現在報刊上。編訂出版舊體詩集更是一種極特殊的事情。最初只有毛主席出版了《毛主席詩詞》，後來朱老總出版了《朱德詩選集》。「文革」中，朱老總受衝擊，這也被視爲「罪狀之一」，理由是「毛主席出詩集，你也出詩集」。可見出版舊體詩集與詩人出版新詩集完全是兩回事，詩人寫新詩，出詩集那是文學領域的事兒，今人出版舊體詩集則是與政治有關的事兒，出版當局那是慎之又慎的。

改革開放以來，這種不成文的條規被打破了；「文革」當中舊體詩逐漸走紅，那是個衝突劇烈的時代，數以千萬計的人受到不公正待遇，人們鬱積了太多情感能量，須要一吐爲快，於是地下詩歌創作繁榮起來，而且舊體居多。一九七六年「四五事件」是地下詩歌創作的一次總檢閱，那首著名的「揚眉劍出鞘」就是代表。粉碎「四人幫」後，先是帶有鮮明政治傾向的《天安門革命詩抄》（一九七七）、李鋭的《龍膽紫集》（一九八〇）出版；直到一九八二年，集作家、學者、詩人於一身的聶绀弩先生的《散宜生詩》在人民文學出版社出版，才標明舊體詩回歸文學創作的殿堂。此書有負責意識形態的胡喬木先生爲之作序，表明主流的意識形態對它的認可。此後舊體詩逐漸從政治詩向多元題材發展，佳作不斷出現，各地方出版社也有舊體詩集的出版，我見到過的就有數十種之多。鄭福田先生的《三益齋吟草》也是其中一例。我覺得特別有意義的還是由中華書局這樣有影響的出版單位出版。

有百年历史的中華書局，在建局的前四五十年裏，它是個綜合性出版社，在一九三〇年代也出版過《吴宓詩集》，這是個舊體詩集，吴宓是「學衡派」中堅，斷不會寫新詩的。建國以來，中華書局成爲出版文史哲古籍的專業出版單位，改革開放以來，在不放棄專業的前提下有擴大出版選題的開拓。這次出版鄭先生的舊體詩集大約是書局對於出版當代文學創作的一種嘗試。

自「文革」以來舊體詩創作雖顯繁榮，但由於大多數作者没有經過舊式教育，大多不懂舊體詩詞是怎麽回事，以爲七個字四句就是七絶，八句就是七律，詞也是按字數説。寫作者或者按照毛主席詩詞照貓畫虎；或是在王力先生《詩詞格律》或《漢語詩律學》格律規範指導下亦步亦趨，這些作品名爲舊體詩詞，但没有舊體詩詞韻味，在外人看來只是押韻的、有固定字數的文件。這就跟用西洋唱法唱京劇一樣，旋律節奏都對，但唱的仍是歌而不是戲，因爲它没有京劇的韻味。寫舊體詩要有舊體詩的韻味，關鍵是詩詞語言文化的修養問題。

舊體詩詞語言是屬於文言系統，但又有别於一般文言，它在用詞方面不僅要考慮其本身的意義，還要顧及到語音（聲、韻、調）、色彩，習慣的排列順序，以及這些詞彙所構成的意象。領悟詩詞的精微之處還要靠多讀作品和寫作訓練。我讀鄭先生的作品，感受最深的是他對傳統詩詞語言的熟練運用，他能夠用這些處理自己要寫的各種題材，這是一般受新式教育的而又熱愛舊體詩詞創作的當代人很難完成的。當代人寫舊詩多停留在模山範水、寫物抒懷，往來酬酢（當然這些寫好了也不容易）上，因爲這些大多有套路可循，四韻八句，起承轉合，照此去寫，大體不會離譜，過去受過詩詞訓練的幾乎都是摇筆即來的。而鄭先生的作品除了能把傳統常見題材的作品寫得格外精彩之外，還有大量寫日常瑣事的作品，如其「童年瑣憶」系列的《浣溪沙》中《占山爲王》《夜看菜園》《説鼓書》《騎水褌》《打醬油》充滿童趣，既有兒童的無憂無慮，又反映了鄉村的貧困生活。特别是《打醬油》那首，現代人很難理解：

清醬沽來四五升，叫呼夥伴好同行。途長口淡飲於瓶。

斟酌分人量出入，參差補水扭虧盈。歸家莫怨可憐生。

鄉村孩子平日没有零食吃，口淡，打醬油路途中偷喝醬油，這可能是城市小孩没法體會的。我曾在北京遠郊偏僻山村呆過很長時間，那裏老鄉偶來北京，在小飯館吃過飯，回家作爲一個大發現向鄰居宣傳，到北京一定吃飯館，那裏醬油、醋隨便喝，不要錢。醬油、醋在窮人看來是無上美味。孩子們偷喝醬油，又偷偷兑上了水，回家一頓苦打可能是免不了的。像這類無定式又充滿新意的作品很多，詞中有，七律、七絶中也不少。另外，我們還可以從本書「學海詩航」一集中感受作者學力及其運用詩詞語言表情達意的能力。此集中無論詠史、月旦人物、品評名著多有真知灼見，又能以韻語出之，是爲難。

囉裏囉嗦寫了許多與本書有關或無關的話，以述近百年來舊體詩創作的命運，用以説明寫作舊體詩詞和出版舊體詩詞的艱辛，也許與推薦本書關係不大，尚祈讀者、作者見諒。

目録

草原風懷

中華心印

鄉國關情

節候怡人

浮生文韻

物我欣然

學海詩航

附　録

草原風懷

七律　阿爾山石塘林

地火升騰事不期，一朝噴湧走龍螭。
流岩冷化神龜甲，偃樹低生彩鳳枝。
我欲瞻天青翡翠，君能照水碧琉璃。
黄花十里香風遠，未訴旁人夢已癡。

七律　阿爾山杜鵑湖

荇藻微摇水自清，兒童笑語小瑶箏。
油松棧道隨人曲，玉露珠璣帶葉明。
幾尾柳根遊未已，數痕虹脚藴將成。
杜鵑豈是閑名字，遍野年年最此榮。

七律　將歸寄晗晗

未放當前景物閑，定知今日束裝還。

長林黑水留詩客，白鷺蒼鷗逗遠山。
浪漫何傷詞句老，天真不讓鬢毛斑。
昨宵電信通音問，想見相迎一破顔。

七律　車入呼倫

車入呼倫意象侵，清風況又解吹襟。
行看一水流銀曲，去住三旗擁翠深。
為有河湖長化育，遂教鷗鷺每飛臨。
牧歌唱向青雲裏，檢校龍文證素心。

七律　呼倫貝爾草原

謂言原上有明珠，七月遊人滿道途。
神駿嘶風雲織錦，遥山疊翠水平湖。
萬家一夜觀新舞，八字盈城起壯圖。

好景年年誇秀出，今來草色世間無。

七律　世界反法西斯戰爭海拉爾紀念園

長煙壞壁掩旗旌，盈耳呼聲逐炮聲。
滿館圖文銘戰亂，周山草樹愛時平。
吴王枉築千尋鎖，倭寇空餘幾里城。
珍重人間佳氣在，劉郎才調大江横。

七律　白樺林

縞衣素面向天涯，頂上輕陽照若紗。
淡雅連風真宋調，堂皇列陣果吴娃。
一襟雨雪斯人遠，四季山川此夢賒。
疏秀分明稱絶代，淩雲氣象最高華。

七律　額爾古納濕地

不言桃李下成蹊，終古高梧有鳳棲。
每上長原風浩蕩，才臨濕地草離迷。
柳高夾岸藏魚陣，水曲當空印馬蹄。
一唱牧歌天闊大，晴光爛漫遠山低。

七律　海拉爾河噴泉

劍指中天氣勢豪，團花湧雪兩相高。
一峰閃爍龍鱗甲，七彩追攀鳳羽毛。
影照紅樓詩意象。風行青鑒畫波濤。
君看此水猶凡水，曾向流雲頂上翱。

七律　過扎蘭屯

屯號扎蘭景物真，郊迎執手感斯人。

吊橋草色團新紫，斷壁煙光掩舊津。
半日留連清酒好，一番酬唱好歌陳。
人間多少光明夜，喬木成圍拱月輪。

七律　冬日機上望海拉爾

才墜斜陽色便殊，深紅淡碧兩模糊。
漸開軟絮鋪雲路，始上疏星散玉珠。
雪嶺連延行處險，冰河斷續看時無。
幾家燈火雖多事，肯把青春作遠圖。

七律　夜宿草原

四野風高雁陣低，重來壩上夢魂癡。
牧歌已唱三千里，塞馬能吟十二時。
雲錦裁衣天漫漫，清泉作酒斗離離。

開軒玉宇澄清夜，皓月如輪照大旗。

七律　過元上都

訪古驅車過上都，從人指點說雄圖。
龍岡縱不知終始，灤水應能記有無。
滿眼驕陽光爛漫，一城遺址草荒蕪。
襟懷八百年間事，鬱鬱難消恃酒呼。

七律　訪多倫匯宗寺

帝業皇皇勢過秦，當時又見版圖新。
方收八部歸一統，更喜諸宗匯上真。
紫燕有巢棲日月，綸音無量對星辰。
至今嫵媚湖邊柳，猶憶開基柱礎人。

七律　崗德爾山望烏海

長河如帶此山西，霧色嵐光看欲迷。
眼底三城開鳳翼，雲間一路走龍蹄。
平湖已畫澄懷水，高嶺方興博物梯。
大日精芒書正好，天驕造像與天齊。

七律　贈烏海友人

春風桃李締詩盟，把臂年來幾送迎。
每對民生思舊雨，常臨月色鼓瑶箏。
遷居許入春秋史，愛眾從知道里名。
欽敬人文三致意，法書明日滿邊城。

七律　由呼和浩特至包頭途中隱約聞雷

一條高速貫呼包，榆老枝疏鳥作巢。

日照園田蒸地氣，河開淩水繞村郊。
望中欲見瞢瞢綠，眼底偏多淡淡茅。
隱約輕雷天際動，怡然喜色上眉梢。

七律　友人圖南，時余游梅力更保護區，賦以贈之

飛來何處鳳凰英，俯瞰峽深澗水清。
五指濤波雙眼活，三山石樹並根生。
雲間白日愁長路，嶺表青春待遠征。
一語贈君君記取，相期湖海踐鷗盟。

七律　包頭逢舊友小酌，時沙塵暴起

小飲清淡又一樓，壓雲沙陣吼群牛。
揚塵撲面金妝色，有女當街錦裹頭。
十里扶搖傾綠樹，三城歷略舞紅綢。

浮兄大白聽兄語，莫忘民生莫釋愁。

七律　夏日早行，過青塚，沙塵彌漫

迴風舞土早涼時，蕭索何人共酒卮。
日下前程知道路，雲間往事染旌旗。
分君夢寐春猶健，濕我衣衫雨較遲。
從古明妃形貌好，忘身出塞小鬚眉。

七律　乘飛機赴北京，北京大雨雷霆，不能降落，返回呼和浩特，一路顛簸，如是者再

犁煙破霧去來虛，何處長安帝子居。
亂定遊人爭鼓噪，驚餘侍者減吹噓。
風雷際會徒為爾，雲水浮沉總憶渠。
夜半傳呼聲勢解，三飛鐵翼雨晴初。

七律　秋日過青塚

塞草連天綠間紅，明妃陵墓古雲中。
和親往事垂書史，延壽當年止畫工。
舊雨荊門山影獨，新知氈帳鬢風雄。
來瞻杖履襟懷遠，軒暢莊嚴廟貌崇。

七律　賀中國少數民族文學館館奠基

文館煌煌此肇基，和林新校鳳凰池。
除塵應謝飄零雨，賀喜還吟爛漫詩。
九萬雲程來遠客，三千羽燕上青枝。
民族瑰寶呈奇彩，正是深紅翠綠時。

七律　詠內蒙古體育館

會有歡呼動海潮，新成巨館氣方豪。

從知北國香茵軟，未遜南邊碧樹高。
鼓角連雲催駿足，旗旌捲地閱神鰲。
中華崛起千軍奮，兒女長空萬羽毛。

七律　和石玉平先生《憶歸綏》詩

捷報長亭接短亭，當年飛騎插紅翎。
霜侵白道邊風烈，日下金川塞草青。
戰罷回眸三匝樹，吟餘彈指一周星。
英雄老去兒孫遠，點染春光滿畫屏。

七律　遊桃李湖

湖稱桃李水潺湲，孤負詩書愛自然。
曲徑每因春樹隱，快談常與早梅妍。
幾時斷夢愁長夜，是處無心看少年。

童子喧呼籬外路，一庭春草碧於天。

七律　春日過托克托縣河口鎮

輕車一路指雲中，遍野蓬蒿遍野風。
知李將軍能射虎，遣馮都尉勝飛鴻。
迎來舊客新城北，流去黄河古鎮東。
魚欲成龍休點額，人民依舊遠山崇。

五律　游興安嶺步張力夫先生韻

草喜鵝黄淺，車行路轉環。
登臨馳野興，歌詠動幽山。
凝重峰開府，輕靈樹擁關。
金蓮能入夢，好挽客心還。

五律　海拉爾西山松林

最是西山夜，長身十萬松。
雄風驅鐵馬，冷月鬥天龍。
幹老逾千尺，根盤竟百重。
年來江海上，念此蕩心胸。

五律　春暮包頭送友人

邊城淺淡陰，春晚曉寒侵。
霧斷蒼山偉，風還白水深。
重逢明日別，長憶此時心。
奉使高軒遠，聲清解語琴。

五律　鄂爾多斯

連年誇躍進，今日過新城。

樓看三千尺，蟬聽一葉聲。
盈懷期雨潤，撲面待風平。
此際江南路，溫柔處處鶯。

五律　黄河

澎湃注東溟，湯湯萬里程。
斷濤連海雨，挾浪御天鯨。
故有澄清日，終多婉曲情。
長歌逢盛世，鼓舞勢鏗訇。

七絶　赴烏蘭浩特，機上俯瞰草原

鐵翼横空接斷雲，川原深碧似天津。
南華海運曾如此，正色蒼蒼百態新。

七絶　二〇〇五年八月初宿烏蘭浩特，覺夜氣清涼，時呼和浩特酷熱難禁

七月紅城入晚涼，街燈流麗雨花香。
遥知嶺外無窮熱，不作笙歌放夜長。

七絶　圖牧吉大鴇保護區

綠疇搖漾走輕車，來訪湖濱處士家。
萬類有靈君記取，臨風鴇羽向人斜。

七絶　圖牧吉百靈池

縷縷清風拂鬢絲，憑高靜對露沾衣。
欣然物我襟懷好，眼底翩翩鴻雁飛。

七絶　哈拉哈河

界破青山九曲河，花朝月夕動微波。
岡巒體勢連綿處，嘉氣葱蘢草樹多。

七絕 玫瑰峰

飛來雲外拓心胸，嫵媚稱名景不同。
定是天公饒意致，奇峰厝此振雄風。

七絕 觀看阿爾山文藝團體演出二首

其一

共看新姿第一回，異邦兒女踏歌來。
琴聲豈是無情物，已傍華燈瀲灩開。

其二

溢彩飛光酒滿甌，芊芊草色忍回眸。
十方品物清新透，復把笙歌贊勝流。

七絕　曲水

曲水湯湯欲到天，岸平草闊漸無邊。
岡巒九脈猶深綠，湖泊參差憶昔年。

七絕　聽呼倫貝爾市領導車上論和諧

天邊今日踏歌來，時雨清風拂面開。
閱罷龍翔兼鳳翥，聽人娓娓話和諧。

七絕　紅花爾基樟子松國家森林公園

雲龍風虎到峰頭，林海渾茫一望收。
嶺下三分秋色好，鷺鷥照水向中流。

七絕　新巴爾虎右旗

雞鳴三國小城奇，牧草沾天仁者居。

行到神山秋色淺，新鷹試翅幾雲垂。

七絶　牙克石公園

園中草色碧芊芊，蘭棹空明五彩船。
金老來遊胸次廣，一聲喝破是天然。

七絶　丁香林

水繞山圍爽氣沖，翼然高閣迥臨空。
丁香堆雪層林秀，萬葉千枝造化工。

七絶　牙克石講學

披襟小立沐斜暉，講罷秋聲未便歸。
屋老牆殘巢燕子，東西高下亂爭飛。

七絶　赴興安嶺調研天然林保護工程有作

共看天保綠連延，萬木青蒼衆水涓。
最是鶴翔汀渚遠，數聲嘹唳動雲煙。

七絶　興安深處棚戶區

九邊綠意對天擎，涵育三江雨露盈。
今向興安深處住，一棚一戶總關情。

七絶　林家飯菜

野菜鄉蔬故已陳，藍莓汁液美無倫。
來從種樹林家過，俯仰還期天地仁。

七絶　棚戶女子

遠客方來淚欲垂，寒家進退少顔儀。

黄花滿室簾櫳舊，猶向旁人訴故知。

七絕　三潭峽見靈芝

天池水色若虹霓，霧嶺晴嵐漸欲迷。
行到三潭花滿目，歡呼遮路見靈芝。

七絕　春來少雨

春來少雨固多風，車過卓資淡霧中。
一麥一禾憑作育，衣衫四野綴青紅。

七絕　白旗草原湖水清湛

此水彎環憐碧透，他山聳峙看青深。
幾多草野風塵歎，魚躍鳶飛亂點金。

七絶　匯宗寺二首

其一

誰教諸部當佳兒，門戶紛紛若布棋。
遂令參池輕俊燕，一般簾幕費猜疑。

其二

年年清露浴僧衣，大漠間關遠信稀。
野杏山桃徒色彩，歸鴻何事向南飛。

七絶　魯王垣壁

魯王垣壁草蕭蕭，兒女當時重射雕。
遂令西風歐雨地，至今慷慨憶天驕。

七絶　賀蘭山秋色

奇峰潑墨賀蘭幽，遮路雲杉翠欲流。

行到珍珠灘上看，迷人五色是高秋。

七絶　地湧金蓮

莫歎重山路轉移，晴明未必認東西。
隨緣只向深處去，八瓣蓮開證玉梯。

七絶　南寺

百里長原一望平，心花從古對天擎。
梵香劫火渾閒事，覺悟龍蛇斷續經。

七絶　山寺

物外荒涼特特尋，殘槐斜柳記狂吟。
山僧幸許鳴鐘鼓，萬點清揚一片心。

七絕　登樓見蒼山綿綿盡為城市煙霧籠罩

煙霾盡日不知危，節序年來白髮催。
一上高樓一惆悵，蒼山百里錦灰堆。

七絕　早春

早春二月物欣然，來去輕車又一年。
阡陌遥看楊柳色，村歌幾曲動炊煙。

七絕　梅力更瀑布

疊瀑懸泉一線天，高亭獨眺境幽然。
佛心不似東流水，也送清愁到酒邊。

七絕　梅力更有老樹着新花

崇峰石隙又桃花，老幹猶擎幾縷霞。

不似人間閑草樹，朝隨流水暮棲鴉。

七絶　白石山日出

松梢浮動海波同，高嶺登臨眼底風。
四面蒼山環此曲，氤氳朝日看初紅。

七絶　巒漢山

巒漢秋山氣韻高，雲絲渺若鳳之毛。
行來杖履留連久，五色林聲做海濤。

五絶　胡楊三首

其一

已有風雲態，況多感慨心。
盤空橫硬骨，氣象指千尋。

其二

朝暾光熾烈，晚月色清幽。
十萬虬龍在，當時駿骨留。

其三

慷慨赴流沙，男兒豈顧家。
青春從逝水，枝幹老天涯。

五絶　折河

山川成色彩，草樹記春秋。
林石依然在，折河日夜流。

五絶　天池

眾木翠成峰，一池天上水。
等閒莫倚欄，凫鷺煙光裏。

五絶　梅力更有三疊流韻等景色

天際奇峰厝，世間玄牝開。
虹橋方一曲，流韻已三回。

七古　送友人赴内蒙西部考察

早知君家居京都，卻向極邊施宏圖。
登高應歎白日烈，臨遠定驚紅塵殊。
金樽清酒野帳裏，率性平章暮山紫。
醒時須放青眼看，有此風光有此水。
大塊開發烏金烏，且聽旁人吁噫呼。
要憐寰中古大陸，夷做丘墟成荒蕪。
好從沙湖看寧夏，浩蕩天風遍四野。
名城終夜明燈明，笙歌無處不大雅。

銀川北度山盤盤，原上平曠沙無瀾。
中間小洲琉璃碧，絶代風流真奇觀。
駝隊向晚隱晚霧，八卦石橋九曲路。
鱗次櫛比新城新，點綴江南旖旎樹。
聞道驅車參賀蘭，一往神馳隨岩巒。
古木蕭蕭梵唱盛，為祈中華吾民歡。

居延漢砥銘

天造青石，理細文平。置之大漠，朝暮虧盈。
漢人取之，發物光精。除垢滌塵，作則礪形。
雷行沙起，日居月昇。浮沉裂斷，以待時明。
鋼彥俊賞，麟角鳳翎。譬猶伯樂，校拔奇英。
掇拾琢磨，為賜嘉名。居延漢砥，始騰斯聲。
噫！

棄置莫怨起莫驚，世間萬物有廢興。
好將塞上一片石，陶寫秦關漢月情。

五古　阿拉善逢初雪

六出十萬朵，搖落賀蘭隅。
高者飛白羽，下者散霜珠。
有時迷眼目，偶或親肌膚。
茫茫四圍合，南山色已殊。
昨猶將墨潑，今則着粉敷。
道里忽焉近，長空渺一弧。
或憐簷牙短，妝成若玉無。
或曰和闐玉，不如塞上酥。
仁者多憂患，達者要吹竽。
單衫天涯客，秋風思故吳。

舉頭望東南，六龍駕赤烏。
不久還本色，念此莫長吁。

五古　巒漢山遠眺

樺林隔山勢，山勢豈窮已。
陽如赤豹伏，陰似青龍起。
謂言象與獅，於此等芥米。
心底浮三山，吾弟一知己。

五古　巒漢山秋色

盤山路徑微，冷浸遥岑壑。
行者莫呼噓，紛紛紅葉落。

五古　涼城縣城邊小店

小店傍城郊，終朝無客顧。
徘徊壟上風，來惹門前樹。

五古　岱海湖畔早行

宿霰故飛飛，層樓朝展翼。
平湖接遠雲，鷗鷺雲之北。

五古　涼城看岱海水痕

冬陽淺淡陰，也上寒池水。
認取舊濤痕，今年沙磧裏。

過秦樓　秋日道經阿斯哈圖石林有懷

嶺早含秋，岩還藏綠，迢遞雁聲新遠。原呈五彩，沙見雙清，閑了電機紈扇。
休問夜靜更闌，吳楚思深，雲停書斷。只松杉萬頃，隨風容與，老枝長箭。

成記憶、舞好澄懷，歌圓如意，翠甸碧波初染。轍輕細雨，香在幽花，足跡畫廊舒卷。都道多情，倩誰魂繫舟車，夢回苔蘚。對連天石陣，認取滄桑幾點。

春風嫋娜　詠胡楊

正青衣款段，日影天涯。攜濁酒，駐輕車。愛根深樹茂，三千華蓋；枝奇幹曲，十萬龍蛇。小葉如針，大還若掌，顏色平鋪頭上霞。慣歷秋霜共秋雨，終無妖媚比凡花。

都道今年風軟，徘徊照影，留連久，塞草香沙。長條美，斷雲斜。涓涓弱水，渺渺寒家。四顧蒼茫，婆娑有態；幾回落寞，宛轉無邪。邊城遠客，更情多似我，禪心已卷，舊夢偏賒。

慶春澤　居延海

葉勝黃花，霜重白露，行來一路秋深。雲外波光，蜃樓過了遙岑。

函關若令青牛去，更何人，陶寫胸襟？度金針。筆意匆匆，夜色沉沉。　浮雲聚散平常事，但蒼蒼葦近，嫋嫋煙臨。弱水三千，依然能潤詩心。化胡舊處青冥遠，只閑鷗，飛遍長林。莫歌吟。遺恨孤忠，誰與相尋？

賀聖朝　南寺

當時杖履輕來去，竟從容留住。半簾禪夢是江山，況漠風林雨。　青蓮八瓣，寒泉幾許。有龍蛇相屬。人人都道轉金經，問金經何處？

千秋歲　游烏梁素海

葦花飄砌，點點隨心細。蒼鷺過，長鷗起。彎環欣水遠，俯仰憐峰異。遊戲倦，鴛鴦也向塘邊睡。　一片淩雲志，無限憑欄意。雲水畔，槳聲裏。純真歌拂面，瀟灑風牽袂。休回首，青山滿目泠然翠。

惜紅衣　憶臨河寄趙瞻先生

酒味清醇，歌喉婉轉，此心良苦。悵想新來，遊蹤在何處。臨河踏浪，渾錯會，前時書語。無主。年去歲來，又梅開一度。　禪林與汝，攜手泥塗，行過世間路。從他寂寞冷雨，滿雲樹。可惜水流無限，不解帶將愁去。問幾時重見，搖落思情千縷。

臨江仙　臨河講學偶成

三月北疆春尚寂，初陽商略陰晴。黃河天際蘊書聲。東風開絳帳，寶樹滿階庭。　指點前朝形勝事，人間柳眼鷗盟。嘯歌載酒且徐行。妖嬈鶯語裏，時日正清明。

賀聖朝　臨河感懷

桃蹊且作從容住，莫扁舟歸去。人生三萬六千愁，又幾番風雨。

迎新辭舊，匆匆客路，盡聽歌徵舞。不如閑掛小簾鉤，對浮萍飛絮。

蝶戀花　哈素海

去歲花開花又落。過蕊流英，繚亂閑池閣。獨立夜涼如病鶴，至今能憶青衫薄。　飛絮一簾渾似昨。淺恨輕愁，搖漾盈山泊。舉眼光華人寂寞，樓頭月上風猶數。

眼兒媚

一般春水泛漣漪，聚散總依依。叢蕪青塚，荒涼石獸，誰解雙飛？城南城北淒清地，冷暖此心知。短歌對酒，長簫扶夢，萬里斜輝。

浣溪沙　白石頭溝深處作

分翠苔柔到指端，魚清如線水流湍。平沙潭底細猶旋。霧外初陽還照嶺，山中宿鳥可朝元。澗幽石白不知年。

青玉案　山溪

盈盈葉上丁零露。有新水，清如許。漫道韶光難永駐，綴紅依翠，匝花穿樹，濺濺經行處。　長吟日日驚天賦，誰擬前賢斷腸句。最是不歸春解趣。雨輕風皺，蝶嬌鶯妒，能記溪邊語？

浣溪沙

歲盡邊城歌舞頻。西風未藴柳條新。一庭疏影是青春。已去彩雲空渺渺，方酣簫鼓正殷殷。伴人微醉不相親。

沁園春　岱海

照水秋深，朗鏡紋平，曲岸沙高。有鄰家父老，呼牛確確；郊原風漸，落木瀟瀟。樹已三圍，山還一角，樓宇新涼待晚潮。夕陽好，況謠歌流麗，鷺鳥逍遙。　從容清賞中宵。莫漫向漁村過小橋。恐驚殘鴛夢，和塘岑寂；喚回月魄，帶影蕭條。且放疏燈，重溫舊史，成敗興衰幾羽毛。千年事，祇借君杯酒，酹我滔滔。

浣溪沙　岱海湖畔

天際雲光瀲灩開，晨興鷗鳥與徘徊。輕煙薄霧逐人來。
遠樹新亭圍五彩，明宵好月抱盈懷。人間處處唱和諧。

念奴嬌　遼上京懷古

吞天沃地，舊關山，慣見千秋風物。潢水狼河憑築就，當日嚴城高闕。八部渾同，四方征戰，灑盡川原血。龍眉金齪，大遼時有雄傑。
懷古我亦登臨，晴光何限，最是團圞月。細數桃山峰尚在，清淚石人都絶。雙塔淩雲，弦歌在耳，萬馬爭先發。承平詞頌，男兒壯心似雪。

臨江仙　聞八一級同學宿達里湖，遥有此寄

載酒輕車何處住，名湖風色無邊。醉餘莫扣小船舷。一灘鷗鷺，正對月華眠。
契闊幾人情緒好，幾人白髮蒼顏。明朝道路草芊芊。雕鞍駿馬，

相與看芝蘭。

賀新郎　游興安嶺

天際煙嵐吐。對群山，松營樺陣，頓消殘暑。野草閑花盈道路，曾見岡龍土虎。偏又向、林塘觀渡。五里泉頭談笑飲，任當時，腹內鳴鼉鼓。留影像，人三五。　平生心志癡如許。藝歌詩，樹滋蘭蕙，幾番風雨。檢點光芒成韻律，一片青青禾黍。莫認是雲奇波怒。夢裏興安今已至，怕登臨、難慰相思苦。誰為我，說千古。

鳳凰臺上憶吹簫　林都春暮

一抹斜陽，半灣殘水，曉來猶帶輕寒，任絮飄風細，佇立樓前。生怕朦朧樹色，春事盡，淚也闌干。憑誰問，山花落未？燕子依然？

拳拳。漫誇語俊。當盛意殷勤，莫賦離言。又夢魂牽繞，縈念鄉關。惟盼明年重會，酬夙志，終日流連。流連處，文章道德，綠水青山。

滿庭芳　端陽前一日作於牙克石

曉霧如煙，清寒似水，客中忽又端陽。綠都春晚，嫋嫋柳絲長。此際鄉園物候，流鶯囀，亂煞年光。雙雙燕，殷勤軟語，振翼過東牆。憔悴何堪傷。空悵望，山長水遠，歸路茫茫。漫河畔青青，新艾飄香。妨痛飲，聽翻奏，悲管清簧。銷魂處，安排紙筆，乘醉寫龍驤。

中華心印

七律　機上望婁山

犁霧披風景色殊，蔥蘢十萬滿前途。
江形夾岸銀鑲翠，嶺勢浮雲絮抱珠。
早向吟邊期舊雨，今從禪境望青婁。
他年若憶遊蹤遠，碧意渾茫起雁鳧。

七律　登婁山關

婁關深秀鳳凰姿，兩翼連雲地勢危。
浴血正緣新號角，登高能憶舊旌旗。
愜懷好句霜晨月，撲面芳春草木陂。
一戰回天成典則，至今煙露護豐碑。

七律　遵義會議會址憶毛公

四山將翠入窗扉，一水名湘去不歸。

於我來時春雨細，當君會後好風圍。
若非轉日從頭越，怕得成功與願違。
方寸小樓連國運，簷間銀杏葉猶肥。

七律　天星湖

天星湖畔草萋萋，能數生辰石作梯。
藤老百年纏老樹，花新三月戀新泥。
奇泉吐玉千尋練，怪嶼臨流獨角犀。
絶壁根須龍虎力，人前盤繞是佳兒。

七律　瞻王若飛舊居

外家珍重讀書郎，若誦秦詩渭水陽。
才向蒼原營淡緑，便教青史動元黃。
當風勁節山川氣，臨事高懷草木霜。

鳳羽垂天天不老，舊宅煙雨憶甘棠。

七律　謁梵淨山

梵淨深幽景色奇，山間十九野雲垂。
朝元索道逾千尺，滌慮山泉僅一卮。
金頂君來光燦爛，碧峰我望草披離。
承恩已葺天王殿，八面生民要護持。

七律　梵淨山金頂

金頂穿空色不開，盤旋野馬與塵埃。
東風已重千尋索，青眼猶辜百丈苔。
才飲甘泉兼沃面，更思法語若聞雷。
歡呼淨掃梵光出，佛國崇峰大矣哉。

七律　晉祠

莫因駑鈍廢歌詩，三晉文華萃一祠。
水湧名泉難老最，石懸巨甕足新奇。
吟龍古柏森其景，窺燕宮人婉爾姿。
朗日晴山天闊大，唐王曾此展鬚眉。

七律　和力夫懸空寺

一誦新篇鬱古風，光英曾不遜天工。
羨君磨礪詩長健，許我追攀句可通。
行路且探溪疊海，說禪已詠寺懸空。
三千世界登臨遍，卻向閑花證大雄。

七律　過成都

重來清景恣流連，蹤跡心情兩嶄然。

廣廈新成龜壽永，康衢早譜蜀民賢。
武侯祠仰出師表，工部堂歌撲棗篇。
司馬琴台依舊是，白頭吟對晚涼天。

七律　游杜甫草堂

蓬門花徑早成陳，問訊先生尚有神。
倚杖猶聽連夜雨，馳書未忘舊京春。
柏香作海當風好，鸝語如流隔葉頻。
乘興來遊朋輩廣，幾人魚樂伴終身。

七律　過揮沙關

由成都至阿壩，途經揮沙關。導遊言此地原有一塔，係紀念禹母者，俗稱娘娘塔。傳說，唐時，楊玉環為邀君寵，曾在此水中沐浴，為人無意窺見，環揚沙自蔽。後人遂誤以娘娘塔為紀念楊氏者，遂有鄉人毀塔之舉。傳說荒誕，不足徵信，然事頗可記。

聞道傾都出此關，漢皇未許謝朱顔。
風塵有意邀君寵，草野何心見玉環。
毁塔三階驚禹母，揚沙數尺辱江灣。
閑來岷水橋邊問，一様蛾眉對遠山。

七律　經歷九寨黄龍沿途風物，覺卓犖不凡，班班盛大，時空感慨遂深

西行景物看無窮，雲氣深青鐵色虹。
紫樹班班真沐雨，棕崖落落不聞風。
接天石陣乾坤頂，逐日心思宇宙雄。
幻化常奇常意外，千年一瞬一鴻蒙。

七律　蜀中贈蔡芳同志

湯湯沈水吐紅霞，好女翩翩出蔡家。

能以西文施教育，不憑殊稟重鉛華。
一灣九寨澄明水，幾縷黃龍燦爛沙。
閱歷增時開眼界，湘南雲樹早着花。

七律　京華春跡

當時蹤跡未茫然，雨帶風襟又一年。
過眼星流青鬢減，如眉月小碧雲駢。
胡琴解奏同心曲，海國能行上水船。
明日春深花漸美，共看細柳舞連錢。

七律　京華春獻

朝獻明珠野獻芹，京華雲氣炳龍文。
策迎海嘯三峰立，心繫民生九脈分。
菽稻萬廛期大獲，羊牛八百看中群。

等閒莫負春光好，筆底鴨雛別樣欣。

七律　京華春行

早行城北晚城南，景物新開近未諳。
柳眼才揚雙點綠，雲梢便卷一天藍。
桑柘有備兼時雨，途路無憂只舊驂。
漫道豐州花發晚，昨宵春雪暖春潭。

七律　天大霧，飛機停飛，滯留北京華園賓館

短歌輕夢任優遊，自笑浮生不繫舟。
有句臨花問青鏡，無聊載酒怨蒼頭。
人情已逐魚龍化，世事能隨江海流。
小駐鵬程因靄雪，老懷竟夜入新愁。

七律　登長城

北向長城勢接天，龍回幾曲控幽燕。
榆生險嶺和錢瘦，豹隱遐荒待日駢。
野有歌吹聽斷續，關無燧火看連延。
風襟獵獵登臨遠，異樣霞紅護九邊。

七律　過虎門橋

山色空濛水色高，輕車又過虎門橋。
千秋國是唯强本，百代精英一弄潮。
淡紫分香盈道路，嬌紅和碧上林條。
翠亭村外光風遠，庠校停雲樂奏韶。

七律　西寧

西寧客舍與峰齊，再入高原意未迷

天上平湖青海水，人間正味老牛蹄。
酥油着彩金蓮美，壁畫除塵紫幔低。
唐卡莊嚴堆綉色，無心秋雨漸如溪。

七律　蘭州

一自金城起漢家，接天氣象邈雲霞。
皋蘭將帥千秋業，河水功名萬里笳。
回望關山迷道路，重來瓜果醉唇才。
隴頭舊事詩人語，撩亂長川爛漫花。

七律　天水

秦州當日有奇池，正是君王得意時。
天上銀河須下水，雲間玉樹建高枝。
行來要謁初皇里，歸去須吟老杜詩。

故李將軍新廟貌，千年側柏與山齊。

七律　南郭寺

側柏森然帶露横，從來佳氣滿佳城。
廊軒二妙詩書好，花徑三回草樹平。
一水清光能作鏡，四山晚照可調箏。
中華史迹秦州古，舊寺南郭有盛名。

七律　敦煌雅丹地貌

爲有仙山照眼明，翻疑身向海中行。
疏勒有水流羅布，平谷無緣入夢城。
獅面要從心裏得，天風還向鬢邊鳴。
青沙莫令黃沙起，閉目來觀虎嘯聲。

七律　敦煌莫高窟

祁連餘脈接鳴沙，石室文章照海涯。
幾窟飛天圍覆斗，一袍垂地作流霞。
韓侯成敗王圓籙，漢相凋殘華而拿*。
清態今傳迦葉好，却將菩薩比宮娃。

七律　敦煌道上

單車千里旱風奢，蓬草金灘未有涯。
湖月清時堪照影，龍山危地好鳴沙。
來瞻俯仰佛左右，去住低昂路仄斜。
百代勛名陽關遠，黨河東岸見琵琶。

* 華而拿即華爾納，美國人，一九二四年來敦煌用塗有化學藥劑的布剝下二十多塊唐代壁畫，並劫掠數尊盛唐最優美的彩色塑像。

七律　登崆峒

過境從容問道風，驅車千里向崆峒。
四山立壁邊雲渺，一水鳴琅塞草豐。
已有霜心紅萬樹，豈無詩句詠孤鴻。
高松根蔓玲瓏塔，滿把珠花照玉宮。

七律　過平涼

早因唱本認平涼，盡説當年古戰場。
清涇雙流含大道，洞峰對語悟初皇。
九天樂奏來神母，八駿賓從接穆王。
我自登臨秋自好，圓和心滿碧霞觴。

七律　機上望哈爾濱

蔥蘢曾是綠無疆，湖泊星羅甲一方。

菽豆已收餘舊土，霜華未掩落松岡。
彎環凍水將成字，高壘堆煙恰作牆。
指點冰城仍百里，嬌紅幾片護斜陽。

七律　重遊千山感懷

遼東四月立群巒，異壑晴陰暖復寒。
嶺現祥光真寶相，雲蒸霞彩小雕欄。
人民不問丁公壽，禽鳥何知趙髻殘。
踏遍卅三春後路，重來誰是舊衣冠。

七律　哈爾濱江濱

結隊江濱沐晚風，殷勤為看水痕凝。
當時護堰吟千首，此日防寒衣幾層。
稚態可親娃配套，夜空如洗月含冰。

中央街道繁華舊，萬點虹霓照廢興。

七律　冰城情緒

冰城景物看蕭條，江水江風破寂寥。
手内强牌三連彈，園中困虎一群貓。
城區新舊隨心賞，酒備渾清率意澆。
明日圖南吾且去，川原秀色早相邀。

七律　憶昆明

樹多奇種葉多嬌，花好分香與紫霄。
廣廈開新馳遠目，初陽依舊染晴潮。
雞湯得味須蒸氣，米線牽情要過橋。
天下龍門天上水，髯翁詞句最高標。

七律　聞友人登玉龍山

玉龍當日飲金沙，留取高標海一涯。
遂令炎天明霽雪，從教殊域展晴葩。
崇峰仰止淩霄路，紫杖攜歸帶雨霞。
萬里相尋心緒永，呼噓留影照紅頰。

五律　憶舊遊兼寄力夫

巴蜀行蹤舊，朝朝憶畫圖。
峰重留謝屐，溪疊浴金凫。
信是人間美，真如海市殊。
峨眉休道遠，好句詠三蘇。

五律　過蕭關

塞上朝輝晚，關頭秋草黃。

霜華迷野徑，風色掠邊荒。
涇水三環折，盤山九曲長。
古今無限事，天地正蒼蒼。

五律　庚辰四月一日過孝陵

江南春月好，鐘阜上來看。
佳木隨心賞，奇花入眼歡。
孝陵北斗折，索道老龍蟠。
最是陵西綠，蒼蒼若海瀾。

五律　中山陵

李桃無一語，遊客下成蹊。
達者車徒合，平人步履躋。
先登陵上望，再向路邊棲。

幸有白團扇，輕搖風已齊。

五律　攜兒輩赴京，時余病臂二首

其一

紅日千山闊，遥天五彩奢。
回廊成幻道，曲榭綻新花。
半部神仙傳，三杯老舍茶。
從容風雨裏，談笑洗塵沙。

其二

揮手京華美，關心二子驕。
方行青石路，又上赤闌橋。
北海陰陰柳，南天淡淡簫。
微風來靜夜，扶臂立中宵。

七絶　平遥

禾稼連雲漾緑波，頻年故事耐銷磨。
等閒也上高城望，牛肉招牌入眼多。

七絶　喬家大院

雕牆畫棟競豪奢，庭院深深第幾家。
未必當年經濟手，燈籠一例罩紅紗。

七絶　曹氏三多堂有「客亦三多」匾

堂號三多甲一鄉，無分主客共裁量。
浮沉世事生新變，方了詩書便種桑。

七絶　臨汾堯廟

廟貌莊嚴殿宇崇，時傳雅樂動遥空。

關情最是晴陰候，萬頃新禾蘊育中。

七絶　洪洞大槐樹

萬里江山萬姓存，人文化育普天恩。
分陰縱有明槐好，肯忘深根溯淺根？

七絶　洪洞蘇三監獄

遺址能存丈八牆，為緣好女觸王章。
當時多少莫須有，春色無邊到玉堂？

七絶　月亮灣

遙知清氣遍群山，明月盈灣水一灣。
昨日始來灘上望，四圍秋樹色斑斕。

七絶　望天山

天山雲霧看渾茫，七月峰頭白雪香。
聞道澄明池水碧，青娥曾此照新妝。

七絶　貴陽晨起

開窗霧氣早沾衣，榆柳簷前葉已肥。
啼鳥也知雲外信，枝頭相向不輕飛。

七絶　過烏蒙山，見山形奇特。有如辛棄疾所説之玉簪羅髻

縈回高路入山林，雲霧輕車幾百尋。
夢裏不堪羅髻減，憑欄細數且微吟。

七絶　亮歡寨夜飲

牛角彎環酒味淳，錦雞歌曲更無倫。
繡球也向東風裏，拋與西江作客人。

七絶　洛陽白園

西望浮圖不解愁，滿川青碧入江流。
由來卉木蔥蘢地，萬點斜暉照白頭。

七絶　洛陽白園茶社

嘉木回廊遠客來，金鱗映水石生苔。
修篁影裏茶香鬱，細樂教人飲一杯。

七絶　樂天新樂府

當年不做曲全鉤，瀝膽披肝報九洲。
君看中唐新樂府，歌詩氣象萬兜鍪。

七絶　洛陽香山憶白居易

位高歲晚喜山香，酒興不隨禪興狂。
記否前時直折劍，邯鄲閲歷夢千場。

七絶　龍門空龕有「開張天岸馬，俊逸人中龍」十字奇書

空龕一片小龍門，人物風流迴出群。
十字開張天岸馬，至今神話兩紛紜。

七絶　機上望燕山

又向浮雲頂上行，日光嫵媚淺深紅。
燕山百派徒牙爪，青史千年一轉蓬。

七絶　首都機場迎接科教考察團歸國

月缺而圓又一回，横空鐵翼客歸來。
殷勤莫認凡接送，為報春花處處開。

七絶　長安大戲院觀譚孝曾演京劇《沙家浜》

京腔京韻味偏長，神色横飛彩滿堂。
十萬蘆根堪果腹，江南畢竟水雲鄉。

七絶　香山雙清別墅

銀杏黄櫨照眼明，奇峰爽氣擁雙清。
運籌帷幄功千里，談笑天南奏凱聲。

七絶　香山碧雲寺

葱蘢坦蕩大人威，幾度興衰證是非。

近水聽泉多意趣，長松夭矯早成圍。

七絶　香山寺

瓔珞岩西知樂濠，石階纍纍草蕭蕭。
行人指點永安寺，幾片殘碑劫火燒。

七絶　香山香爐峰

山圍玉帶自西東，斷續煙嵐斷續風。
迤邐三亭憑遠目，樓臺無限渺飛鴻。

七絶　江頭

慚愧人間月影多，年年花樹舞婆娑。
何時更向江頭坐，重看澄明瀲灩波。

七絶　朝暉

晴波才過又晴瀾，幾樹高英立曉寒。
為報南州流水遠，朝暉故灑滿江丹。

七絶　向晚

珠江向晚櫓聲稀，定有寒鷗次第飛。
兩岸樓高欺月色，等閒休令惹人衣。

七絶　雲南石林二首

其一

圭山之野有其林，拂日淩雲幾百尋。
頂上蓮花池下水，峨嵯勃鬱寫胸襟。

其二

自古滇南好景多，蒼山洱海嶺連波。

石林最是稱佳勝，一線藍天鎖綠莎。

七絕　保定清直隸總督署堂前西府海棠

移來西府神仙侶，鎮日簷前沐曉風。
聽政誠能知困苦，開花豈必問雌雄。

七絕　保定清直隸總督署堂前丁香

年年嘉樹報春回，淡紫柔黄次第開。
最是東風無禁制，隔牆也送暗香來。

七絕　高速路邊楊林

已無浮葉迎風雪，且展疏枝向碧空。
撲面居然成嫵媚，梢頭幾抹淺深紅。

七絶　冉莊地道戰遺址

寇盜東來國土焦，男兒英氣好沖霄。
長城地下三千里，化作騰龍鬥惡梟。

七絶　遼寧大學新區

東風幸與築新居，滿把幽蘭共紫芝。
月色連宵今更好，清光灑上鳳凰池。

七絶　馬龍車水

馬龍車水困輕遊，想見含珠漸欲流。
强似高臺徒坐客，聽蟬若木語啁啾。

五絶　機上

曠野分畦頃，平疇入畫圖。

遙山三黛重，碧海一雲浮。

五絶　過嶺

過嶺雲霞美，窺簷鳥雀嬌。
不須驚物候，昨夜已聽潮。

七古　游織金洞

領袖當年志偉功，曾以泥丸比烏蒙。
我來正逢春色好，青山相送復相從。
撲面眾峰顔如翠，稼軒佳詞猶能記。
幾峰嫵媚幾峰嬌，意態淑華真如髻。
車逐嵐霧林漸深，行處不覺過千尋。
回眸卻看前時路，斗折龍盤歎不禁。
織金景物天下秀，寶洞乾宏魁宇宙。

聞道功在鬥雞人，打雞開新雲出岫。
下車入境勝仙鄉，時賢題字看琳琅。
盡說天下奇觀萃，文物風流耀吾邦。
迎賓廳映太陽縷，千萬金輝參差舞。
一石宛若蘑菇雲，一塘或從劍池雨。
日月深潭水深青，頂有祥光好講經。
八方立壁斑斕久，始知棒喝是雷霆。
時聞點滴垂零露，池沼河梁從容渡。
金塔鐘旗蔚壯觀，石筍石花盈道路。
萬壽山高孔雀飛，三星含笑立崔巍。
若為百姓祈祥瑞，口內稻粱身上衣。
地下長湖已罕有，鐵樹銀花真無偶。
個中境界皆天成，吾人對此只搔首。
東岸循行路盤環，欲扣帝閽舉步艱。

莫道人間多風雨，黄河九曲復何言。
縈回明滅非容易，戲如人生生非戲。
君看一洞一靈霄，各從其班任其志。
月兔桂花守廣寒，多情未必好憑欄。
應憐光影辛勤久，莫教秋風誤儒冠。
或如輝煌垂簾幕，或如琵琶能作樂。
或如傳道在高臺，或如沽酒共君酌。
無限風流無限姿，到此愈驚世之奇。
物華天寶羅星斗，令人揚首每長思。
電彩繽紛成五色，我遊渾然忘其黑。
曲徑忽焉見天光，多束交會竟如織。
出門頓覺地寬平，四面青山過來迎。
歡笑同儕相指看，茲遊真可快平生。
遥望南山山犖落，山上生石石成漠。

丁口自繁田不增，惟將钁鋤殷勤鑿。
感奮發揚積有年，方新思路換新天。
優勢後發期先至，仰視高標烏蒙巔。

七古　游黃河壺口瀑布

為看長河一段水，鐵馬馳驅九萬里。
重巒老木石上生，班駁岩壑青與紫。
岩壑重巒若有情，一圍才放一圍迎。
慚愧年來雨露少，猶有烏雀深樹鳴。
鳴禽深樹非無偶，嘉卉奇花行處有。
遠峰商略作陰晴，三時風動龍蛇走。
晴陰龍蛇滿大川，今古風流遞相沿。
壁立崖岸憑開闢，勃鬱蔥蘢堯之天。
我來同行人三五，停車飄雨零可數。

雨霽幾片彩霞鮮，頂上浮雲去如虎。
憶昔百川齊灌河，河水勢陵滄海波。
而今天炎河亦瘦，灘畔嶙峋石磐砣。
西望河道平且淺，水流洋洋匹練展。
遭逢壺口忽深狹，蛟螭興會狂濤卷。
大塊雷霆鏗然鳴，鐵騎崢嶸走旗旌。
始信是水天上水，於此奔騰作壯聲。
排空馭氣黃金色，裂崖轉石有神力。
盤旋跌宕猶萬鈞，況複直下造其極。
仰望巍若眾峰聯，攢集駢累懸於顛。
飛湍既倒垂碩幕，沖潭濺沫萬斯年。
看罷撫膺歎不歇，時空渾茫思蓬勃。
凡馬當具三分龍，不舍晝夜永風發。
岸頭輕沙舞逐風，新花學做胭脂紅。

攤販喧呼乏新樣，幾人負手看長空。

七古　洛陽香山寺

龍門水遠香山高，山藏古寺臨波濤。
寺内武皇恣宴樂，宫人絡繹傳醇醪。
酒酣一帶暮雲起，教唱承平九萬里。
中間俊逸偏豪强，賦詩為奪錦袍紫。
光陰流轉如風雷，白傅江南車馬回。
歸向此山集九老，狂吟劇飲三百杯。
往者莫追逝者易，君實彦博有共嗜。
也作好會結耆英，文章詩酒豈餘事。
金元毁棄清人修，依然山寺依然樓。
碑刻琳琅殿錯落，長春枝葉松風流。
蔣宋此地避酷暑，行人指點説爾汝。

厚牆砌就徒清涼，寺外湯湯水若煮。
中華復興龍飛翔，九州聖地嵩中央。
廟貌光輝邁往古，道路盈耳歌陶唐。

七古　過太行

彌望青青稷黍色，五月來做鄭之客。
比干神廟游未能，主人安排此日迫。
晨起窗前烏鳥爭，新鄉原樹足平生。
漫論尋常甲乙事，滿庭人物襄其成。
晚氣氤氳共好友，學唱新詞數杯酒。
有時欲賦懷人詩，文字難安只搔首。
杲杲紅日升天中，平疇遙接西山東。
盈路車聲入林慮，絡絲深潭潭深風。
道路阻隔幾千里，寄語殊方二三子。

登高常懸兩地心，眼底波瀾一漳水。
紅旗渠繞渠平池，山川從古無終期。
聞道故園雨露好，一片霞飛山之岐。

七古　參觀明斯克航母世界

昔日蘇聯形勢隆，縱横寰宇稱大風。
煌煌巨艦明斯克，海天令譽盈蒼穹。
利器能指萬萬里，皆言安危有所倚。
孰料忽焉消息來，上國解體散若水。
將士卸甲齊歸田，從兹無須留大船。
一朝别卻旗艦去，當時涕淚濕船舷。
中華有人性倜儻，拖入深圳時無兩。
可憐海上卓然雄，淪落異鄉憑遊賞。
勳章綬帶猶在牆，起居出處知能詳。

行人指點贊復歎，規模制度真恢張。
噫吁兮，
馳騁莫羨停休嗤，征戰殺伐能幾時？
和平共處天下定，早晚鑄劍皆為犁。

七古　再登慈恩塔

鞭策良驥誠奚為？譬猶響鼓須重錘。
假日攜女向何處？西京樓閣高平危
高危樓閣齊雲天，俊彥影從如飛鳶。
皆誇平人子弟好，競賽名高超群賢。
方臨曲江思吾唐，又見選手雛鷹行。
聲清不勞問出處，其中兩湖稱恢張。
晴光如水煙如紗，幾人漫步尋酒家。
交錯觥籌半醉醒，出門斜暉依紅霞。

通遼閻兄有興致，相邀共賞榴之花。
榴花纍纍似火熾，從容陳說瑣細事。
屈指稱揚多青年，聰明況兼四海志。
行行不覺登豐隆，抬頭浮屠崇臨空。
奮力攀昇極頂立，韋曲風光天南東。
十六年前初過秦，當時佛地猶蒙塵。
周邊寂寞說百廢，禾稼青黃烏來頻。
相對歎息相將歸，歸時撲面風飛飛。
老閻身疲困且累，轉眼噓呼縈庭幃。
吾意繁繁絮亂舞，連綿跌宕九月雨。
仿佛賢者紛紛來，一一對我訴肺腑。
明日試畢閑蘭芝，同來諸子開心帷。
錫林成仁祝天慧，吾女若晗從其宜。
分立攝影依門牆，願為家國椽與梁。

並排留影出世界，目光如炬深且長。
慈恩古塔誰題名，平人至此雄心萌。
魚龍變化自有種，引車賣漿干其城。
諸子居高吾居低，從茲矢志甘人梯。
扶持後進大快意，門前流水今能西。
抬頭又見西邊霞，四通道路馳輕車。
長安不遠莫回首，春風駘蕩天之涯。

七古　車行成都阿壩途次

雲匝嶺，霧行空，石擲虎，水鏗訇，
峰壁立，幾千重，棧縈回，草青青。
山重聞杜宇，濤深隱螭龍。
當年武勇袍澤在，一川黎庶氣崢嶸。
忽焉雨，轉面風，鎮日陰，倏爾晴，

晴或墜石雨傾洪，江流如矢白波生。
浮雲變蒼狗，燕雀作鳳鳴，
日日魚龍化，夜夜聽濤聲，
有時遥對成形色，分明覿面不識荊。
變幻猶如人間世，高低遠近頗難同。
噫吁戲，
天覆地載，品物叢叢，
險夷凡怪，巨細雌雄，
溪疊成海，石厝天驚，
蜀道自古難行路，驅車行輟每拊膺。

七古　九寨水

始爾涓涓，觸物淙淙，
繼則揚厲，金戈錚錚。

闊處流行，人誇天鏡，
深時為潭，至靜至清。
山存其象，樹映其形，
雨濺其珠，日漾其明。
出潭作浪，氣格沉雄，
忽逢坡陂，勢長威成。
一疊二疊迸珠玉，三疊四疊若騰龍，
飛流素練誠巧喻，到此不足寫其風。
有時助清興，嘯歌萬壑應。
有時開神思，滌慮蕩心胸。
仁者愛山智者水，臨流掬之鑒平生。

五古　恒山懸空寺

看水恒山遠，聽風滹沱清。

懸空鐘磬裏，的嚦起鶯鳴。

五古　登恒山

早歲登岱嶽，力與挑夫比。
跳踉並歡呼，聲動數十里。
及壯望華山，志向凌霄起。
霞蔚與雲蒸，嶙峋顏色紫。
前年過維嵩，隱隱聽人語。
是客癡且肥，行行喘不已。
今日指宗恒，道路固逶迤。
奮力做前驅，未便秋松倚。
老足效先登，時時看桃李。
暮色雖四合，小月開眉喜。
山下貓耳熟，豈必烹錦鯉。

野菜已雜陳，香氣盈屋宇。因思粵之南，翩翩有吾女。一樣事清遊，見者或稱偉。昨聞過浦東，洗塵小風雨。燦燦斗星明，把做連珠使。旁人重鉛華，涂鴉不知止。何若素芙蓉，清新無所擬。

滿庭芳　新疆

大漠雲垂，昆墟霧隱，仲秋初到邊城。故人重會，握手笑盈庭。明日登壇說法，旗鼓在，論議風生。清涼夜，十分好月，獨坐理瑤箏。多情。山水闊。梧桐一葉，天下金聲。況霜花凝練，詩酒崢嶸。短鬢輕車誰去，三千里，看我鵬程。君休問，崇峰雪滿，池上莽然平。

浣溪沙　過布爾津

原上秋來風色高，雲絲幾片鳳凰毛。疏林嫵媚繞城郊。
四野沙平山寞寞，一河石冷水滔滔。聽人指點話天驕。

沁園春　登太行山王相岩

峽谷盤盤，林慮山中，王相岩前。幸天呈一線，終登嶺表；梯旋百浪，直指峰顛。四野雲飛，八荒綠透，裊裊人家幾點煙。披襟立，任虔誠倦客，鞭炮聲喧。　無聊虛度華年，算唯有長歌動四筵。念遭逢良友，清游似夢；往來詩侶，嘉氣如蘭。縱酒情多，登臨人渺，拍手男兒無管弦。分攜去，看天邊鴻雁，意態嫣然。

浣溪沙　賣茶女二首

其一

道上澄溪五彩霞，修篁掩映野人家。聯翩遊客盡停車。

啼鳥有心爭宛轉，小姑無賴自清華。幾番盥手試新茶。

其二

早向回廊列羽卮，和風無日不來窺。宜人景物正芳菲。
對客殷殷誇舊雨，分茶款款舞楊枝。一般言語囀黃鸝。

水龍吟　由京返呼遇雪滯機場

飄飄皓羽彌天，蒼山四面妝銀髻。軒車塞路，翼冰阻霧，客心似寄。眼底眉梢，雪風端緒，春秋經緯。念孤清曉月，窺窗照遠，今又被、雲橫翳。　知命流年須記。便芳華、休隨人醉。殘編斷簡，算曾輕負，斯文歷史。慷慨談龍，未親鱗爪，此情何以？待從容挽取，驕陽若水，洗長穹霽。

望海潮　居庸諸友夜飲，心向慕之

京華藩衛，燕雲圖畫，居庸眼角心頭。笳鼓肅然，旗旌海若，興亡十萬貔貅。

野草擁嚴州。任潮昇潮落，歷夏橫秋。誰問盈虧，一彎眉月小銀鉤。等閒換了貂裘。恨長衣博帶，不作觥籌。七子韻圓，三千芥老，牧歌樵唱新收。今夜飲高樓。借幾行雁字，載我詩舟。玉斗清音拍遍，側坐看中流。

水調歌頭　過南京

暫作江南客，萬里看無窮。金陵大好山水，盡在畫圖中。多少天翻地覆，依舊龍盤虎踞，一帶碧梧桐。靈谷出雲外，華蓋起松風。訪遺跡，聽成敗，論英雄。濤舒濤卷，何事香粉染雕弓？盈路繽紛花雨，恍似生公說法，言笑動遙空。向晚石城上，對月且從容。

浣溪沙　西湖照片

十里平湖綠浪開，依依水岸乍生苔。朝暉幾縷上樓臺。
兒女天真顏色好，垂楊婉媚畫圖諧。和煙一片費君裁。

浣溪沙　沈園

撲面蒼蒼薜荔牆，千秋此日最堪傷。清波依舊浴鴛鴦。
老酒盈杯和淚飲，新詞半闋對風揚。茫茫生死認尋常。

浣溪沙　晗晗游杭城宿大姐家

爛漫天真一小丫，翩翩飛入鳳凰家。高樓翠幕映輕霞。
未慣江南連夜雨，從知漠北漫天沙。梅塢昨又品新茶。

滿庭芳　觀瀑布水，賦此曲以志

天孫曝縑。來風懸霧，飛雪騰煙。九層白練迸珠玉，翻入犀潭。
接澄波山光似夢，映碧峰水色如棉。遙想望，砯崖轉石，龍吟起斜川。

浣溪沙　南州

慣看南州燦爛花，碧雲深處作人家。漫言孤旅在天涯。

望海道途知我老，倚窗思致重君佳。留香晨起試新瓜。

望海潮　西安歸來作

歸來杯酒，某今攜女，舊京覽盡繁華。汾水岸頭，風陵渡口，尚存當日黃沙。白鳥入丹霞。更潮逝雲起，老樹昏鴉。西嶽峰高，大河帶曲，漫驚嗟。　平生最喜榴花。見嬌紅點點，綴上枝椏。强似漢唐，鬥雞屠狗，紛紛走馬排衙。品調亦堪誇。浪蕊漂零盡，存此奇葩。正好微吟相對，父女興偏奢。

鄉國關情

七律　賀香港回歸二首

其一

領袖從容指顧間，黄河香水兩團圓。
百年忍恥成陳跡，一旦揚眉復舊天。
早畫區旗荊萼好，更推特首此公賢。
五湖四海承平日，吩咐吟歌入管弦。

其二

上國襟懷兩制謀，炎黄畢竟水東流。
且將歸日開顔淚，盡洗當年掩面羞。
應是雲煙長接手，為緣風雨本同舟。
長歌能伴青春在，好作逍遥爛漫遊。

七律　中央黨校掠燕湖

連延柳線近風舒，戲水鴨鳧遠漸虚。

翠羽三啼音磬若，銀橋乍展影虹如。
小亭已看頻年劍，老樹原知百卷書。
珍重人間佳氣在，前途霜露動衣裾。

七律　中央黨校小住為佳亭

路近虹橋小住佳，平湖水色皺輕紗。
淩雲竹愛猶黄葉，鋪地香憐正着花。
曲岸人閑垂釣線，環山磯隱起鳴蛙。
秋觀眼界東風裏，且上層樓望渚涯。

七律　中央黨校留筠茶社

蓮生石上路迢迢，小肆成圍竹影摇。
上國已能知劍意，斯園當不誤春朝。
詩吟燕掠閑潭水，樓倚秋觀曲拱橋。

如雪山玫真自在，風亭一角向人驕。

七律　中央黨校尚院茶樓

尚院茶香月色青，鳧雛今又試初翎。
橋迎掠柳枝銜水，池滿搖波浪吐星。
未便蘇張屈下席，定緣陶謝建高瓴。
只將塞漠關心事，問道京華覓典型。

七律　中央黨校西來石

大片飛來磊落姿，長林八面囀黃鸝。
乃知天地風雲氣，不與人家草木皮。
形勢四圍能簇錦，精神一貫可師夷。
青青者竹尖尖筍，香滿深霄水滿池。

七律　群賢會聚

群賢會聚上高樓，嶺白煙青一望收。
奪席懸河爭駿烈，談天傾蓋羨鳧鷗。
圍封牧野功千里，平定沙塵利萬秋。
提案盈箱言教育，樹人樹木早綢繆。

七律　抗震救災即事五首

其一

驚天一日萬樓摧，滿眼危牆瓦礫堆。
綿竹濤峰飛雨雪，汶川雲樹亂塵灰。
初聞浩劫真疑夢，再震餘音尚若雷。
啼血拜鵑心緒永，招魂賦向蜀山隈。

其二

幾人攘臂在泥途，遭遇艱難有此軀。

稚柳不存柔者態，繁花已改豔裝圖。
救人父老成三顧，舍己孩兒僅一呼。
青碧蜀江垂萬古，臨流照我勉相扶。

其三

雷行風起即出師，父老災區正孤危。
領袖三時沖水火，人民舉國望旌旗。
沉埋數日猶能起，奮戰連宵未肯離。
莫向長空悲月色，心齊能令泰山移。

其四

此際何人詠國殤，飛鴻雲外遠彷徨。
時辰十二難眠夜，世界三千頻解囊。
眼底山河同命運，心中書史共肝腸。
吾華標格今日事，以沫相濡日月光。

其五

汽笛長鳴舉國悲，岷川心事不展眉。
誰家翁媪仍風露，幾處兒童尚草陂。
愛力可歌真可倚，慈懷如搗更如癡。
無言遙對南天拜，秋肅春溫好護持。

七律　詠奧運會八首

其一

旗彩方擎已若林，健兒嚴陣亦森森。
能消滂沛連天雨，便放朦朧捲地陰。
璀璨花妍來萬國，婆娑舞好證初心。
祥雲早遞中華福，攜手川邊聽暮砧。

其二

才築新巢燕羽斜，況逢良夜煥英華。
賓從四海浮星曆，光影三天動漢槎。

盛典料驚全世界，歡呼應徹野人家。
成環五色縈歌曲，快樂孩童自鼓笳。

其三

數抹嵐光捧日輝，玲瓏知是曉煙微。
宜從震澤觀龍舞，好倚岐山待鳳飛。
絲路綿延花雨軟，彩舟容與錦鱗肥。
垂垂天幕群星合，西霧東風兩不違。

其四

跌宕如詩復似棋，書余歡樂解余悲。
漫言梅雪爭春日，不是風騷得意時。
一片神行詩總好，三邊氣動雨非遲。
從容賦罷和諧曲，白首英雄有所思。

其五

九派淵停氣若山，威聲潮湧指揮間。

始知鼓掌來殊女，猶似提兵出散關。
縱目應能多綠意，奪金豈可少紅顏。
一聲叱吒高標起，天際虹飛海雨閑。

其六

湖海高朋共舉籌，顛峰收穫又新秋。
應憐珠小將成線，未厭星繁漸欲流。
肅肅壘營馳鐵馬，翩翩兒女閱沙鷗。
感人最是精神美，向上花開遍五洲。

其七

舉世期君建偉功，神京奏凱我心同。
慣聽鼓角清涼月，將露棱芒熱烈風。
事業當如鵬翼遠，襟懷得似羽旗紅。
横生快意無南北，笑倒青山不倒翁。

其八

山川迢遞路逶迤，前是高城後草陂。
一代同心完夙夢，幾人連袂上青枝。
摘星落淚言難罄，報國騰聲誓未移。
明日吾華開驥足，香飄萬點作雲垂。

七律　父親

十二年前逾古稀，精神今若向陽枝。
閒書日可觀三卷，好劇宵能品四時。
幾代人情分有序，千家詩句記無疑。
半生種作艱難事，病足晴陰只自知。

七律　故鄉靜夜

銀河一夜洗嚴兵，撫鬢風來弄水聲。
已覺星垂襟袖重，未疑樹老地天平。

人知肝膽良琴瑟，我友詩書善鼓箏，
往復殷勤憑寄託，三朝千里是歸程。

七律　故鄉公路

秋高塞下烈風吹，過眼楊榆展舊枝。
公路朝鋪砂石大，我車暮入夜燈危。
星平河漢深深宇，客倦江湖淡淡詩。
卅載青春歸白髮，嚴親福壽喜生眉。

七律　疙疙豆

團面橙鮮米色新，輕揉慢擦力須勻。
掌中吐納方盈寸，釜鬲飄搖已若鱗。
盡有膏粱供上國，豈無瓜豆養平人。
昨宵至味深深夢，慈母當年老病身。

七律　壬午歲末回鄉二首

其一

雞鳴袖手立冬寒，風物蕭條照鶡冠。
似水繁星天上有，如鉤淡月樹中看。
懷人敢恨春波短，憶往能期舊雨湍。
負笈吾今千里外，福來最大是平安。

其二

數載風塵一日回，家嚴聞報兩眉開。
族人旋聚燈光下，鄰里爭攜土物來。
小徑明晨須探訪，天津此夜可徘徊。
紅泥涯涘應無恙，遊戲當年築將臺。

七律　感事呈劉國范先生

紅葉荒林載酒行，當年幾度坐春風。

溝深四道成心畫，雲滿一川聽水聲。
月落長簫家國淚，塵生短褐故人情。
高天厚地盈歌曲，執手臨歧意縱横。

七律　歐洲行二首

其一

西行暮雪滿都門，幾處浮生縈夢魂。
翼若經天超世界，風斯在下越昆侖。
已殊景物融黄紫，更紊時光亂夕暾。
異域風塵成倦旅，三千世界雁留痕。

其二

霜皮黄葉對晴空，聚落青紅入望中。
曲徑層巒真畫意，夷音西語亦謡風。
人生有限隨流水，心事無窮繫彩虹。

乍見月湖誇靜謐，雪泥鴻爪意相通。

七律　歐陸初開桃花圖

半含風露半含花，期子欣榮海一涯。
綠漸川原探澀果，紅深道路繫香車。
接天雲脚輕飛雨，成陣蜂兒漫作衙。
幾樹今裁圖畫裏，穹廬對酒賞新葩。

七律　和譚博文先生喜迎亥年新春韻兼寄殊方學子二首

其一

去年微雪淡煙中，浩飲酣歌喜欲融。
讀史才雄戎馬遠，窺闕月大羽旗紅。
英倫兒女文尤好，華國人家字漸工。

畢竟疏狂何所似？端嚴衣下素心同。

其二

異域繁華入眼中，峰頭暮雪可消融？
長天應慣深深碧，曲水休驚落落紅。
彼地相逢緣問道，他年或忘是打工。
一般情緒鄉關夜，燈火輝煌萬姓同。

七律　驛路迢迢

驛路迢迢入畫屏，彤雲思緒惹流螢。
長燈照水將成碧，中夜分霜亂點青。
婉轉離歌聽未忍，差池去雁看曾經。
他邦借寓書香遠，應夢新亭是舊亭。

七律　長翔萬里

長翔萬里且歸群，南雨西風兩歲分。
在嶺衣陳箱篋久，濱江魚躍舸舟勤。
早知詩劣偏成帙，未信蚊狂便作軍。
前日一言猶記取，人生隨遇是欣欣。

七律　白雲山色

白雲山色舊城西，過嶺晴光燦若霓。
十二時辰開鳳尾，三千道路走龍蹄。
朋儕脱穎探珠海，子弟憑書上玉梯。
不作今年容易別，春風春雨好相期。

七律　雲外星疏

雲外星疏冷意侵，夜分何處住高禽。
山多野徑從其遠，木老華堂自爾深。

別後澄波圍海曲，行前聖誕入荒砧。
煙花偶向樓頭放，十萬光輝證此心。

七律　昨聞居處

昨聞居處露華滋，知是輕寒到較遲。
定有歸心披霰雪，肯因別霧忘旌旗。
開新路徑繁榮地，辭舊航程爛漫詩。
不做尋常兒女子，明時要可獻蘭芝。

七律　寄RHIAN

登高一望海天藍，淡彩微雲或與參。
帆影輕盈多別國，濤光靜謐幾閑潭。
榴蓮大臭含偏好，咖哩微辛品自甘。
已對奇觀中土外，殊方風物要深諳。

五律　醉餘改舊句以寫家山

近水流銀曲，遥山擁翠深。
河湖均化育，鷗鷺每飛臨。
清酒邀公意，長歌鑒我心。
醉餘呼駿馬，氣象自森森。

七絶　送RHIAN詩一首

歸時故國發春花，舊籍猶存海一涯。
今更高天風色好，憑窗萬里倚紅霞。

七絶　鄉關

鄉關桂老路雲賒，飛去離鴻戀舊家。
十二欄干秋夜永，故凝零露待芳華。

七絶　人間今夜

海國連延已到天，人間今夜露珠圓。
九邊草樹黄金色，未許秋光逐雨駢。

七絶　喝雉呼盧

喝雉呼盧飲舊醅，旁人枉許有詩才。
只將五老峰頭樹，移向鄉關夢裏栽。

七律　内蒙古師大盛樂校區星斗園

群花燦若衆星明，稚柏森然作斗横。
活水迴環真畫卷，流雲往復好書聲。
感君方寸經營力，抒我人天化育情。
海運培風鵬翼展，斯園依舊小清榮。

七絕　內蒙古師大盛樂校區玫瑰園

紅雲乍放正春時，裊裊當風細葉披。
麗質天成休媚世，且添小刺護花枝。

七絕　內蒙古師大盛樂校區馬蓮園

風神醉寫若蘭幽，秀葉亭亭翠欲流。
明日灘頭君試看，晴陰雨雪伴沙鷗。

七絕　內蒙古師大盛樂校區乾枝梅園

孤清幾片渺雲霞，多彩長原淡淡花。
今向小園高處住，春風應是滿天涯。

七絕　內蒙古師大盛樂校區甘草園

僕僕風塵貌不殊，冬春交替幾榮枯。

深根九尺潛心蓄，滋養甘甜世上無。

七絶　内蒙古師大盛樂校區芍藥園

培君羽葉育君紅，呵護情深雨露豐。
爛漫花開須記取，心香幾縷謝長空。

五絶　聽人説統戰

碩儒逢盛世，慷慨説同舟。
家國無窮意，關心雪滿頭。

五古　己卯五月二十五日感懷

父親來呼和浩特，居住半年，不慣高樓，不耐寂寞，欲回故鄉。余因憶前塵，寫成俚句，記一時感慨。此係滿心而發，肆口而成，雖頗多不合詩律處，亦在所不計也。

當時親未老，祖父逾古稀。

一家十六口，出入每相依。
晨興方過丑，暮歸戴星斗。
春種費殷勤，秋收悅童叟。
兒輩漸長成，讀書弟與兄。
閒時上村學，忙則助耘耕。
攜筐看牛尾，樓柴北山北。
饑有乾炒麵，渴飲山泉水。
如豆一燈擎，朦朧未分明。
慈母縫故衣，愛子讀書聲。
田間辨莨莠，鄰社沽村酒。
最喜夜看園，偃仰書在手。
父叔攜上山，秋田已開鐮。
禾稼銹手紫，汗滴入口咸。
團團地頭坐，吾困獨蹺臥，

銜得枯草根，不見雲間鶴。
空際霹靂聲，求學入盛京。
倏忽過四載，隻身走雲中。
離鄉日以遠，衣帶日以緩。
山水成阻隔，思鄉情未減。
吾祖悲駕鶴，吾母復還山。
愧乏甘旨供，念此意愴然。
慈父偏憐我，來住過半年。
叔嬸與兄嫂，故鄉盼團圓。
幾日當分別，此際腸内熱。
浩歌望家山，不覺頭飛雪。

五古　山中念蜀川三首

其一

白樺界林色，一一展修枝。
綠濃緣土沃，花重向陽時。
低眉山果小，豐熟倘可期。
忽焉思巴蜀，心事共雲垂。

其二

疊嶂棲霞斂，澗幽草横斜。
啼鶯喧耳目，青杏到齒牙。
杖履遥相祝，平安蜀人家。
中華兄弟誼，浩浩自無涯。

其三

應知汶川側，山崇風色高。
道路崎嶇遠，流潦或滔滔。
軍民赴水火，豈獨饋李桃。
儒者固寒簡，從容贈綈袍。

滿庭芳　瞻仰中國民主促進會成立舊址，其地今為上海盧灣區圖書館

秋到天南，晴開滬上，萬里來看宏居。肅然桌案，猶記肇源初。慷慨二三大老，縈懷事，家國車書。登臨望，流雲闊遠，迢遞起歌呼。難舒。無限意，救民水火，展我藍圖。便會成民進，心繫婦雛。攜手湯湯浩浩，迎朝日，入海平湖。齊瞻仰，新人振奮，依舊做前驅。

滿庭芳　中國浦東幹部學院學習結束，留別師長同學

宿雨新停，雲間五彩，滬上草碧花妍。七星湖小，曲水映長天。鷗鳥時來相顧，留戀處，細柳翩翩。前程路，東鄰錦繡，書案立卓然。杏壇，神聖地，奪席論美，傾蓋言歡。任春生襟袖，綠滿川原。幾日鴻文讀罷，聽鼓角，慷慨當筵。分攜去，高秋萬里，送我好風還。

浣溪沙　參加中央統戰部第十期民主黨派中青班學習，同學何維院長宴請二組同學

柳外蟬聲明月臺，回廊嘉木眾賓來，金鱗照水盛宴開。
樽酒豈徒顏色好，燭光不但畫圖諧。蛙鳴一片小輕雷。

浣溪沙　詠中國民主促進會前輩

瀝膽披肝眾望歸，長星拱日力崔巍。雲間萬片彩霞飛。
猶記頻年兄弟重，漫言前路雨風圍。承平事業看旌旗。

浣溪沙　盛意拳拳

盛意拳拳格調殊，這般教誨世間無。琳琅金玉漸連珠。
立會為公人莞爾，樹人報國喜晏如。殷勤呵護小於菟。

沁園春　賀神舟六號飛天並成功返回

莽莽蒼原，滚滚紅塵，神六行天。喜淩空入軌，從他經緯；憑虚展翼，任我翩躚。宇外光芒，人間電信，壯彩奇情共一船。欣回首，有寰球璀璨，祖國新妍。

繽紛氣象萬千。最嫵媚銀暉若眉彎。問近巡北斗，七星健否？遥臨月殿，素女安然？從古豪情，及今偉業，圓缺陰晴仔細看。回歸日，正高秋處處，酒美花鮮。

滿庭芳　賀神舟七號航天员太空行走成功

列子乘風，敦煌畫壁，想見姿態泠然。白詩屈賦，未放日星閑。多少扣閽求索，精神在，舊簡新編。長吉曰：黄塵清水，九點小泥丸。

歡顔。當盛世，頻年磨劍，一旦行天。漸艙開金露，衣鎖秋煙。為問來今往古，能幾個，雲外飛仙？憑欄久，男兒攜手，早唱凱歌還。

水龍吟　故鄉田地瘠薄，鄉人勤勞耕作，所獲甚少。

近年改種向日葵，家家豐稔

有田五頃莊南，連年菽麥經營久。似油雨少，挾風旱烈，夏春時候。幾度耘鋤，汗流禾土，心焦童叟。記肅霜夜悄，秋來點檢，只落得，能糊口。

前歲易申為酉。種新葵，遍於壟畝。移栽沃灌，植培呵護，親如腋肘。黃蕊朝陽，青盤含玉，林林山阜。更低垂大面，家家豐稔，介鄉人壽。

浣溪沙　故鄉久旱不不雨，心實憂之。昨夜忽夢大雨傾盆，水過故鄉村畔石門俗稱石簸箕者

景物故園縈夢魂，開天雷電雨傾盆。石門過水是龍門。瀑布來攜何處土，涼風吹帶舊家痕。雲排鱗彩向黃昏。

齊天樂　二〇〇一年十一月二日記夢

二〇〇一年十一月二日夜，夢回家鄉，天氣仿佛似晴似陰，而屋宇院落，清晰在目。夢中

見諸位親朋似為誰燒紙祭奠。我獨處室中，頗為落寞。忽又夢見祖父在我身邊，衣着舉止，一如其生前。我一見祖父，心中生無限依戀之情。祖父命我為他往煙袋鍋兒內裝煙，並曰：「這麼多年你沒給我裝煙了，該給我裝袋煙了。」我聞祖父之言，心中頓生悽楚。忽焉夢覺，泣不成聲。因賦此以志。

似山似海愁無數，方晴又聞陰雨。暗淡秋雲，蕭條院落，認得當時居處。鄉關草樹。見三五親朋，叩頭燃楮。四顧淒涼，破窗起坐甚情緒。

依稀耳邊絮語，正青衣舊帽，和藹吾祖。樸素音聲，尋常舉止，命我裝煙如故：「前來記取，這廿載時光，汝歸何許？」月上天心，夢回情更苦。

浣溪沙　一別家山

一別家山歲月長，攜來稚子自嚴妝。雲舒水遠憶高堂。
擷取新花成肅穆，掃除埃土話淒涼。慈心萬里遍大荒。

浣溪沙　童年瑣憶之捉溪魚

溪澗清泠岸草新，小魚搖曳看無鱗。幾人年少解垂綸。
淺水有時空手獲，濕柴無奈白煙熏。强如活剝與生吞。

浣溪沙　童年瑣憶之看菜園

西側鄰人半畝園，吾家隔水九分田。窩瓜絡繹大如拳。
對舞蜻蜓風細細，自搖楊柳日翩翩。菜花紅紫惹人憐。

浣溪沙　童年瑣憶之「種葫蘆種瓜」

「種葫蘆種瓜」係農村兒童遊戲。月夜，諸童排隊貼牆而立，雙手反背在身後兜起。選二兒童，其一手握一石子，走到諸童身後，悄悄放入任意一人的手中。其二站在諸童對面，猜該石子現在何人手中。諸童皆極力鎮定心神，務求不露聲色；猜者則鑒貌辨色，務求一猜而中。猜中則被奉為王者，猜不中則須「過胡同」——諸童排成兩排，相向而立，過胡同者要從中間經過，經受諸童捶楚。

褪卻西邊幾縷霞，朦朧天地罩輕紗。群童學種故侯瓜。
漫叫疑猜紅上臉，為防錯認亂排衙。艱難苦恨走龍蛇。

浣溪沙　童年瑣憶之「占山為王」

九月風高打麥場，小兒夤夜敢稱皇。安排僚佐鬥强梁。
捲地登臺開號令，漫天飛草判雄長。居然李趙與張王。

浣溪沙　童年瑣憶之夜看菜園

莫點孤窯如豆燈，仰頭牽動滿天星。草尖秋露伴蟲聲。
能憶當時山落寞，從知今日樹俜仃。一彎眉月水泠泠。

浣溪沙　童年瑣憶之說鼓書

耿耿疏星掃落暉，二三父老扣柴扉。相攜稚子故牽衣。
說岳飛忠心浩渺，唱興唐傳夢依稀。金沙灘畔不勝悲。

浣溪沙　童年瑣憶之紡毛線

把握乾坤若轉盤，新絨斷續指揮間。張弛擒縱意閑閑。

經線撚成聯百尺，寒衣織就賴雙鬟。骨錘歡唱幾團圓。

浣溪沙　童年瑣憶之吃苦菜

日暖風旋細弄沙，陌頭山杏兩三花，渠邊苦菜發新芽。
素手擷來清水洗，微鹽調就蒜汁加。人生正味此無涯。

浣溪沙　童年瑣憶之騎水褲

溪繞前峰未肯休，回塘深處過人頭。癡兒嬉戲聚朋儔。
引褲束牢成Y字，當風吹滿像山舟，縱橫擊水問中流。

浣溪沙　童年瑣憶之學唱戲

依樣烏紗布糊牢，圍巾披掛蟒龍袍，桶箍玉帶恰圍腰。
舊戲學成歌伴舞，新鍋敲作鈸兼鐃。樹皮笏版禮當朝。

浣溪沙　童年瑣憶之鄉村婚禮

乳燕梁間軟語開，鳴鸞四馬駕車來，鄉肴村酒擺盈臺。
端坐新娘眉目秀，側觀聯對瑟琴諧，隨人擾攘看交杯。

浣溪沙　童年瑣憶之春播

長者扶犁馭老牛，壯年得得點葫頭。匀拋良種入田疇。
箕畚分肥肥護本，簸梭行壟壟平溝。彩衣布穀唱啁啾。

浣溪沙　童年瑣憶之十二歲生日

屬相輪番虎兔猴，阿童十二剃平頭。豔陽天氣暖風柔。
板凳一條須跨躍，鬢毛萬緒任裁修。人生經此百無憂。

浣溪沙　童年瑣憶之打醬油

清醬沽來四五升，叫呼夥伴好同行。途長口淡飲於瓶。

斟酌分人量出入，參差補水扭虧盈。歸家莫怨可憐生。

浣溪沙　送RHIAN赴英倫

淡霧輕煙照玉京，沖天此日起青冥。臨歧執手女兒情。
萬里英倫開眼界，幾人華國送鵬程。長天囑月好相迎。

浣溪沙　内蒙古師大盛樂園

故草情深護嫩黄，新垂柳綫舞風長。流雲照雪小南岡。
笳鼓曾輕王霸氣，車書況沐日星光。如虹橋畔燕來翔。

節候怡人

七律　辛巳歲末飲酒兼寄劉信生教授

塞上傾杯正歲闌，撩人往事忘應難。
清鮮嶺表閑花草，磊落京西舊冕冠。
但有雲中傳錦字，定知天末問溫寒。
為酬化育辛勤久，敬灶遥期一體歡。

七律　立春日寄大姐

大姐依其子寓包頭，病目，思鄉。然新得孫兒，頭角崢嶸，清奇可喜

忽焉五九又春時，俗務微閑漫寄詩。
莫念小園終廢墮，比增雛鳳便清奇。
新居已賃全家喜，病目常縈二弟知。
電訊頻來桑梓地，殷勤垂問更神馳。

七律　壬午正月初一日聽騰格爾《天堂》

聽君一曲韻悠揚，客子拳拳思故鄉。
竹爆為迎新歲月，燈明好照舊糧倉。
情深疇野田無恙，別久親交福自長。
嚴父古稀身體健，且憑午馬報禎祥。

七律　端午

沉醉詩書半世豪，曾無秀句詠江濤。
陽和心緒春痕重，端午情懷海氣高。
玉斗誰聽清夜月，瑤琴莫奏鬱輪袍。
丁香結子槐花老，如許頭顱遍二毛。

七律　端午憶往

插艾當時滿道途，絲繩五彩繫兒軀。
塵香臘肉兼新韭，麯味鄉醅只舊壺。

戲演白蛇人借傘，囊盛黃穀豆穿珠。
也將竹葉包粘米，畫裏靈均得見無？

七律　重陽機上有作寄友人

蜃樓海市幾番真，歷塊過都境界新。
經眼菊香全世界，扶頭夢美倍精神。
風行水上飄搖遠，山在雲間出沒頻。
杖履年年重九好，今年重九讓詩人。

七律　母親節感懷

春秋草樹風霜態，生死凡天母子身。
烏鳥多情能反哺，民人無類不相親。
園荒斷夢三千里，竹小淩霄一萬鈞。
醉上層樓開望眼，平蕪漠漠走沙塵。

七律　醉裏

醉裏亦知身是客，半生閲歷萬千難。
四時節物空翻覆，一片風光任喜歡。
門戶常開秋意老，詩書偶對鬢絲寒。
寄聲來去雙飛燕，何事參商未許安。

七律　二〇〇五年十二月廿四日有作

萬家燈火夜平安，海外風流海内傳。
簇錦情由西聖誕，迎春滋味舊新年。
庭前玉樹隨心賞，眼底佳兒着意憐。
一夢開懷渾未覺，星光如水碧雲駢。

七律　二〇〇六年元旦

塞外青山接大荒，森嚴峰壑兩渾茫。

一天雪舞龍鱗白，萬里風還鶴羽蒼。
格律已開新世界，詩詞莫誦舊篇章。
中餐盛麗西餐好，芥醬生魚怪味長。

七律　丙戌新正，鄉思縈懷

江南夜夢連綿雨，塞上春生顫裊枝。
當戶新聯應節令，盈懷舊曲奏明時。
一年鞭炮一年老，半世浮辭半世癡。
辜負清颸簫韻好，人間何處寫鄉思。

七律　丙戌人日步蔡襄韻寄力夫

又接雲邊五彩船，一封消息度春煙。
久違分韻清標好，更羨流芳古誼傳。
社結居庸渾似昨，詩成邁往動盈千。

這般情趣高天下，別樣風華別樣年。

七律　和譚博文先生喜迎亥年新春韻

鱗排七彩五雲中，日上高城雪未融。
賀監稱觴清酒綠，天驕作舞醉顏紅。
果珍李柰唯桃好，臘盡詩書對語工。
應是春聲無遠近，煙花此夜九洲同。

七律　再和譚博文先生喜迎亥年新春韻兼謝醫者

頻來佳氣月明中，桂老冬深香暗融。
映雪煙光騰夜紫，冰喉水果凍花紅。
感人强項回天術，還我清吟造化工。
相約明年江海上，乘風容與鷺鷗同。

七律　三和譚博文先生喜迎亥年新春韻觀昆曲《邯鄲夢》

邯鄲道上紫塵中，富貴雲浮與夢融。
瓷枕未藏金谷赤，宫袍早换石榴紅。
天山雁去悲行者，陝水波分老化工。
檀板人生君試看，黄粱滋味古來同。

七律　歲末感懷之一

賣花人在曉陰中，大野遥知白雪蒙。
事業休閒青翡翠，生涯漫老碧梧桐。
從徒王謝車猶水，負劍蘇張氣似虹。
喜報東風無遠近，春原良馬認驕驄。

七律　歲末感懷之二

前時瑞雪送殘冬，磊落南窗破曉鐘。
皎月連年圓復缺，素情終日淡還濃。
冰開河水三千里，心繫關山九萬重。
玉宇回春新氣象，與君俯仰看雲龍。

七律　歲末感懷之三

星寒天際影成雙，爛漫詩情到瑣窗。
未許南邊孤竹老，應憐北鄙兩眉龐。
民人笑我乏新意，桃李知君戀舊邦。
揮手風平雲浩渺，觀魚明日過春江。

七律　歲末感懷之四

辛勤不遜荷鋤犁，夜半燈青琢舊詞。
夢裏繁英楊柳岸，鏡中短鬢鳳凰池。

唯君共我能知己，念子離鄉可問誰。
冬盡春來消積雪，平疇看取望天葵。

七律　歲末感懷之五

雲浮隱隱繞京畿，更有紅霞片片飛。
家國新春開四面，鄉園喬木長三圍。
中年漂泊仍遊子，白雪顛連故嶺衣。
今日相逢明日別，東風無賴送人歸。

七律　歲末感懷之六

曾隨狂客怨車魚，高下空談幾卷書。
氣概已消章句上，精神不比馬牛初。
無邊快樂春生脚，有味牢騷楚接輿。
遠處花妍君且去，蓬頭老子守園蔬。

七律　歲末感懷之七

來去翩然若雁鳧，拋閑千里小龍駒。
春生衣袖人難老，雲在天涯道不孤。
除夜霄深呈翡翠，平明室雅飲屠蘇。
半生倦做風塵客，四海為家久矣夫。

七律　歲末感懷之八

斷續煙花亂曉雞，城烏一夜竟何棲？
鐘鳴自是强華夏，鼎盛由來重庶黎。
雪化涓涓肥沃土，風和歷歷潤春泥。
侵晨慣向樓頭望，好把清光做品題。

七律　歲末感懷之九

春陽亭午暖榆槐，童子喧呼動滿街。

鞭炮只分單箇放，瓶花特許對枝排。
坐莊調主難眠夜，走馬迎神可暢懷。
往事鄉情如夢寐，年來詩酒累形骸。

七律　歲末感懷之十

偷閒半日試新醅，遠客來經電信催。
拱手三番推就座，開心一刻笑成堆。
春當何限江河水，知也無涯草木灰。
魚樂連延忽落寞，待新萬象盼輕雷。

七律　丁亥人日有作寄京戰力夫先生

玉梅應見曉妝新，庭院誰家剪綵人。
分韻登高雲解凍，探春作賦水橫津。
南華騁氣浮雙翼，北鄙傳風待兩輪。

魚雁殷勤憑寄語，牧歌六月草茵茵。

七律　今俗多於正月初八遊走飲宴，稱「遊八仙」

蓬瀛故事舊曾聞，跨海淩風御紫雲。
鼓板丁零成爾道，籃花環轉建斯勳。
炎涼世態能援手，冷淡人情不獻芹。
可奈今宵歌舞地，神仙輿馬走紛紛。

七律　丁亥上元

有味茶禪接上元，連朝春雪洗春旛。
穿雲好月來終古，絶代名駒數大宛。
南草遥知臨水榭，高車小駐向陽軒。
詩書理罷披襟立，想望鶯飛燕語喧。

七律　驚蟄後作

新雷昨始破重關，百物蘇生百鳥閑。
向日禿枝含蕊嫩，流觴曲水照紅彎。
天龍舞罷金鱗甲，素女妝餘霧鬢鬟。
為報清榮居上國，且憑只手寫春山。

七律　清明

北山懷抱午風微，經眼城烏次第飛。
氣象清明留素冷，天心朗潤感初肥。
碧梧雨上桃花路，藍浦珠還燕子幃。
晚向重樓吟月色，應憐鉤小照人衣。

七律　丙戌春分

光陰彈指又分春，萬里河川起潛鱗。

四海華夷寒暑半，一天晝夜短長均。
朝陽我愛東方美，清酒人推北地新。
好友能邀三五輩，低吟淺唱性情真。

七律　世界氣象日

休言氣象數難窮，節令先移草木風。
域外晴陰來指掌，人間冷暖到雞蟲。
問天九萬鵬圖展，擊水三千海運通。
最羡農家田壟上，隨心點檢得環中。

七律　丙戌寒食

山中草木枉飛灰，避世良臣安在哉。
終古南天紅未了，及今北地綠初回。
長榆俯仰燃薪止，細線張弛舞鷂來。

且向東君迎好雨，沛然為洗百花開。

七律　清明感賦

一日清明未下樓，馬龍車水勢難收。
堪憐陌上疏青草，不解人間冷淡愁。
幾線鳶飛風物變，滿庭冊卷歲時流。
浮雲向晚匆匆聚，好雨來朝遍九州。

七律　中秋答友人

天外鴻傳尺素書，從來湖海近仙居。
吳山節物寧知味，晉國秋風可羨魚。
縱酒杯空驚落木，聽潮室雅走初車。
人間十五光明夜，莫負清輝掩弊廬。

七律　秋意

白露為霜冷豔開，布衣大袖得悠哉。
頻年鼓角催玄鬢，幾日丹鉛伴酒杯。
卉木斑斕殊色彩，山川朗麗少塵埃。
願君了卻公家事，莞爾觀魚近釣臺。

七律　高秋

高秋心事繫南邦，有夢真能過舊江。
何處輕柔風色好，幾年衰颯月影雙。
平明雨大雷驚樹，中夜雲多霧裹窗。
初度無人堪共酒，星星鬢髮兩眉龐。

七律　辭舊詩

昨宵窗下寫初春，意與疏狂墨未勻。

漸覺煙花分瑞氣，行看燈彩動祥鱗。
雲中燕羽三千里，嶺外笙歌十二巡。
舊歲莫教容易別，年年滋味勝前塵。

五律　清明

眾樹生新色，盈城舞紙鳶。
野人方獻曝，榆火已催傳。
祭酒碧梧老，傷心紅淚漣。
年年魂斷處，缺月伴青天。

五律　甲申中秋贈石玉平先生

大月團圞好，窮邊四美逢。
操刀休草草，拂卷且雍雍。
影攝飛機動，詩吟舊雨濃。

典型何處是，夭矯看長松。

五律　奉和滑國璋先生丙戌上元步蘇原韻

十里繁燈彩，煙花照眼開。
笙歌聽處起，龍舞看時來。
便有團圓月，何關冷淡梅。
吟餘無寄所，更漏復相催。

五律　中秋對月

中秋無限景，最是月嬋娟。
未喜香成霧，先驚露作圓。
光清疏影動，風正玉盤懸。
遥想槎通處，金波滿碧天。

七絕　乙酉新正感賦三首

其一

一夜煙花雪滿城，數樽淡酒海天清。
心源未許相疑信，漸老詩狂作後生。

其二

侵晨踏雪自清涼，寥落街燈照影長。
醉意方消春意好，且收心緒入詩囊。

其三

知命年華鬢已皤，前身合是老頭陀。
朝來又向樓前坐，依舊晶瑩白雪多。

七絕　元日贈張俊德先生二首

其一

卜鄰有幸近先生，賀節唯將一紙呈。

江水雲山能解意，稍加點染自清榮。

其二

草樹山川不及門，怕因彩筆攝生魂。
風煙入眼成佳趣，復把金針度弟昆。

七絶　辛巳正月初一二首

其一

莫怨鬢邊華髮生，年來諸事費心情。
有身況是雲中客，東望鄉園涕淚横。

其二

新春如意喜應多，漸暖微風入舊柯。
奮厲精神酬夙志，更培桃李葉婆娑。

七絶　癸未春日雜詩十首

其一

幾日偷閒看晚晴，開軒每有小涼生。
詩書讀到無聊處，起坐披襟待月明。

其二

紛紛桃李不知愁，穠郁繁華轉瞬休。
翻是簷榆真樸素，暗香幾縷上高樓。

其三

淺印輕痕日影長，因風柳絮解顛狂。
同來陌上銷魂地，濁酒隨君共舉觴。

其四

載言載笑正明時，二豎倡狂匪所思。
寰宇澄清當有日，健康花在最高枝。

其五

豆棚瓜架草菁菁，渠水泠然照翠蘋。

電掣車來童子笑，農家事業首春耕。

其六

槐眉柳眼漸成陰，草木禽魚每繫心。
為愛南郊風物好，相攜乘興早登臨。

其七

小樓已住次高層，閑臥悠悠看日昇。
詩喜晚唐詞喜宋，毛邊矮紙畫青藤。

其八

花飛花落藉芳茵，暖日晴光景色新。
紫燕翩翩尋舊侶，春來一路斷腸人。

其九

堤畔纖纖柳已垂，老槐展葉水平池。
家人也慶春光好，野菜挑來佐酒卮。

其十

無賴春風款款吹，丁香桃李弄柔姿。
為防今夜寒兼雨，造次憑欄不展眉。

七絕　逢西節，孩童盈街賣玫瑰

玫瑰滿把襯芳時，爭勸行人買一枝。
九畹縱饒花萬朵，寫情還遜舊歌詩。

七絕　感恩節

西來節令感恩深，永憶清蓮一片心。
初雪定知詩境好，當風吹送五弦琴。

七絕　母親節

南窗攝取並枝花，將送芳馨海一涯。
莫道豐州遲雨露，春暉寸草萬千家。

七古　甲申新正感賦

寒瓊凍玉迎春風，處處熾炭胭脂紅。
樓頭火樹結七彩，煙花霹靂聲其同。
酒酣頓覺春茫茫，別有綿邈鄉思長。
聽歌居然鬢堆雪，讀書復憶陶燈黃。
慚愧小窗弄鸚鵡，當時心志許縛虎。
一片孤高誰因人，天際深清羨雁羽。
有時神飛愛駿馬，已倩老鐵淋漓寫。
夢回陌上草芊芊，心底翠筠說大雅。
南國溫潤柳眼勃，北地狂吟笛激越。
半生際會未雕龍，剩有嬋娟紙上月。

七古　乙酉元宵三章章五句

銀花火樹高天高。俯仰追隨如風濤。

遍地魚龍欺二毛。
慚愧城南一片月，嫺靜何處求其曹。
關情非今亦非古。漫將清輝灑林莽。
人間閒愁最難數。
拍手華筵人醉歸，心底滂沱淚如雨。
悲欣契闊非由天。此心安處成良田。
不問詩邊與酒邊。
吩咐東君恣呵護，茂綠繁紅應有年。

七古　端陽前宵有雨用坡公韻

雨吝風奢土兀兀，卉木勉作三分發。
縱有飲者過庭闈，斗酒焉能除寂寞。

南北參商兩星隔，河漢遥遥出復沒。
夜夜雲來厚轉薄，辛苦盈虧天上月。
前宵喜雨民人樂，盡將欣然洗悽惻。
吾亦同歡心情別，一樣端陽去飄忽。
浩歌玉斗記疇昔，寥落清疏琴與瑟。
江湖湯湯肯相忘，鯤乎鵬耶只其職。

五古　二〇〇三年元旦示若晗

聽課春風裏，翻書動滿床。
學歌聲婉轉，伴舞步輕揚。
交往江河闊，前途日月長。
應知高素質，定是愛文章。
莫以京畿暖，來推塞外涼。
群英爭未已，勤者得升堂。

菩薩蠻　一九九三年元旦感事

如今漸會前賢句，當時慣向人邊去。行腳入山深，芒鞋雲外尋。歸來天上月，皎皎含霜雪。舉首見梅花，梅花清影斜。

浣溪沙　七夕詠牛女

靈鵲不驚河漢深，三生無悔此生心。有欄干處有閑吟。眉月窺園憐寸草，天風行露動長林。流星何事拂衣襟。

浣溪沙　鴉背風消

鴉背風消向晚晴，盆菊扶鬢酒新停。東山月上漸盈盈。已把羊毫書寂寞，更由雁足寄漂零。從他葉落斷腸聲。

百字令　元旦感賦兼示晗晗

街頭簫鼓，催人間物候，徐徐更迭。俗務憂煩儒者病，一笑渾然無涉。

遣興揮毫，澄懷飲酒，且把新春說：兒曹珍重，正當思奮時節。休道將相天生，荒窮野僻，代有超群傑。多少布衣成偉器，駟馬高車奇絶。漫漫長途，雷行沙起，結束今宵發。閑中還看，一輪明月圓缺。

御街行　中秋

階前又見團圞月，夜寂寂，光清絶。漫抛桂子落塵寰，雲外天香飄徹。酴醾架下，飛霜流霰，偏是人心别。　鷗盟柳信休評說。冷露碎，秋風發。坡仙瀟灑世間稀，曾恨蒼穹空闊。樓旁水岸，蟬嘶聲裏，徙倚無由歇。

浮生文韻

七律　致朱兄

人間最重是心盟，輕許吾兄寫百城。
如此春秋馳遠志，從茲曉夜作長征。
冰壺要破乾坤小，青眼當開草木榮。
放逐俗懷攜杖履，崇峰不倒水流横。

七律　贈顧久兄

處處山青染野鴻，盤旋高路貴之東。
顧君有筆生花若，愧我無風喘月同。
苗寨從來消暑氣，梵光終古入蒼穹。
知公國是艱難久，吏部如斯髮亦童。

七律　贈魏文彬兄

長沙人望舊來殊，況有龍文耀斗樞。

一自聲華開境界，肯教風采止湘湖。
丁台秀比春江月，長策弘如大野駒。
鼓掌三番容色動，已傳薪火做前驅。

七律　贈張少華兄

一番迎送見軍容，矯健森嚴嶺上松。
捲地戰歌聽海湧，連營將令看風從。
定知鐵血關民命，好把戎衣護禹封。
檢校男兒佳氣在，吾兄心事太行重。

七律　贈宋原生兄

三晉軍威料已諳，原生北地夢江南。
毛公好句開新畫，石壁西江豈舊談。
神女只從詩裏得，巫山且向鏡中探。

閑來攝影東風軟，花鳥多情仔細參。

七律　贈李法泉兄

化龍當日躍津門，法雨東風認舊痕。
一上松原天闊遠，幾回草野氣寒温。
言辭婉曲甘泉美，氣度高華碧玉純。
我向雲間觀鳳羽，民生事業共兄論。

七律　贈張偉兄

夢隨五福到關西，半樹榴花子半枝。
拔劍雄英書感奮，折心士女意迷癡。
襟懷朗若文華爽，體魄巍然語默奇。
想見風行流水遠，與兄把臂對龍螭。

七律　贈陳述濤兄

學術精深體不肥，半生身與願無違。
愛民策獻千鈞力，仗義書生八面威。
足跡才臨清靜土，游蹤早向洛杉磯。
平居娓娓東風裏，琴意欣然一布衣。

七律　贈黃潤秋兄

胸中高下與芳菲，幾處能行幾處飛。
滿目山川期遠大，周遭石土叩輕微。
同時照相知誰好，異日擎杯記我肥。
折桂功成天下事，好音要許入氈闈。

七律　贈何曄暉女士

普天風物動高輿，做長文華事不虛。

策定從來憑顧問，時平終古賴卷舒。
愛民能效三陽暖，立法當原百物初。
兩月慣聽新號令，曄暉清語燕鶯如。

七律　贈張力夫兄

夢生羽翼絶江河，變化南疆海上波。
君為添香先送果，我期集會早吹螺。
好風六月青雲路，美政三年兩穗禾。
大漠何時來遠客，與兄並轡發浩歌。

七律　東周二

知君今月在維韓，他國逃禪孰與觀。
縱有閒心身不倦，肯來詩興夜將闌。
聆音信是人千里，覺夢霞飛日半竿。

聞道花邊風色美，故鄉無賴雪成團。

七律　寄高金祥弟兼賀侄女奪內蒙古自治區文科狀元

珍重君家小鳳雛，等閒探得海王珠。
從知里巷高車馬，定是香花好畫圖。
稟賦青山三世遠，襟懷滄海一生殊。
也將劣句充新酒，問弟今朝得意無？

七律　贈滕文生先生

問水登車一動容，賀蘭秋色轉深濃。
新流已注居延澤，往事猶詢杭愛峰。
大野明駝開駿足，小城壞壁起螭龍。
邊州自是經行少，家國平安事萬重。

七律　喜得滕公書法

高秋當日奉高車，迤邐長灘野色舒。
落葉胡楊真宛爾，飛沙舊塞果茫如？
洪荒意象蒼岩畫，終古山形大澤魚。
別後風懷清似水，宵深昨又仿公書。

七律　二月二日賀趙麗宏先生華誕

春龍二月早抬頭，況有歌詩入勝流。
陶謝襟懷開玉屑，譚梁居處忍荒丘？
憐君雨燕潺涓水，顧我風駝浩蕩舟。
為報人間佳氣在，一編讀竟上高樓。

七律　賀楊先生壽誕

快婿乘龍氣若蘭，佳兒結得好姻緣。

讀書往事知當日，報國情懷比壯年。
綠草曾經沙上茂，紅花慣看酒邊妍。
長星耿介天如水，眉壽遥欣佩玉環。

七律　奉和李冠義先生兼頌冠義圖書館開館

海外顛連兩鬢霜，繫心桑梓轉蒼黄。
側聞好語元非夢，回看新花已自芳。
便聚圖書開此館，且培桃李報吾鄉。
燭龍莫認尋常物，朗練光英萬古長。

七律　友朋契闊，海天茫茫，春温秋肅，良多感慨

莫道重逢未有期，豫章榻幕至今垂。

樓頭殘月初生魄，葉底閑花枉弄姿。
老子青衫遊已倦，騷人黄髮樂誰疲。
春溫秋肅三千里，不信天東無所思。

七律　寄王一泉兄

時一泉夫人逝於非典。一泉兄在校時，為同學理髮多年

頂上工夫久已違，文章事業本悠哉。
同心佳偶方依止，分鈿哀音竟下來。
花謝空添千嶂綠，眼枯始築百憂臺。
勸君勉力加餐飯，護筍成林天眼開。

七律　呂公珩《雪泥吟》讀後

原樹村橋認舊時，一編讀竟起長思。
已驚冰雪胸襟語，況對風雲感慨詞。

俯仰無端輕大呂，紛紜有子重迷詩。
羡君透網真神駿，月在青天水在池。

七律　寄晨波兼謝所饋《中國當代書法家千米長卷》

人生隨處是青春，豈必營營踞要津。
暫與斯文成並駕，無妨學術累層薪。
平居每念鄉關好，信至猶誇舊雨頻。
披覽長圖山海立，雲中此日降祥麟。

七律　賀王兄華誕兼賀喬遷之喜

休將歲月付塵封，陌上芳華孕育中。
落落青山凝夜紫，欣欣碧草帶朝紅。
為緣歷苦十年久，應是分甘兩意同。

初度摩天成廣廈，傾心祝爾一帆風。

七律　贈友人

窮邊倦客數陰晴，遭遇雲生壟上行。
我有諧言驚四座，君無海量盡三觥。
長橋重樹新新馬，短棹輕歌淡淡箏。
六月人間誇萬綠，淺紅靜水不平鳴。

七律　與友人劇談，玉樓側立，白髮横生

五尺昂藏品調奇，讀書錯認上天基。
玉樓側立青林雨，白髮横生黑塞詩。
文字心魔難宛轉，男兒濁物不迷離。
教人擊水三千里，背負青天日月垂。

七律　寄張兄伉儷

前世原知是翠筠，蕭蕭風葉洗塵襟。
浮生已歷迍邅境，闊別初分濡沫心。
夢裏形神扶細柳，酒邊格調動遙岑。
一般情緒天涯路，暖日輕寒歲月深。

七律　贈詩友

肺肺青楊綠滿枝，時辰十二數春期。
平生莫許文章老，一字能安造化癡。
原憲貧家新璞玉，謝安高第小蘭芝。
白雲即令成蒼狗，不廢吟歌百世資。

七律　聽人說壯遊

未攜韻友傲高秋，指點聽人淡淡愁。

黄帝陵前空祝禱，慈恩塔頂枉凝眸。
葉欺華岳出林秀，人是晉祠深谷幽。
鶴野雲閑多俊賞，一詩一畫寄風流。

七律　病中寄故鄉諸友

此時北斗正闌干，四壁無聲夜色寒。
扶病臨文懷舊友，聽人嗜酒縱塵歡。
不堪别後清陰簡，能憶行前暮雨繁。
月上東山秋未老，桂香飄處好棲鸞。

七律　贈譚博文先生

譚公意氣總逢春，豈必旁人判故新。
為市昂揚稱國手，掄才炳焕報佳辰。
協商治政千秋業，涵泳風騷百世珍。

草樹山川方遣使，凌雲健筆已如神。

七律　贈郭明倫先生

長山鉅野任鷹揚，一派高風出少郎。
天下華章稱郭老，人間正氣屬甘棠。
偶隨諸弟爭村釀，巧用雙三調大王。
喬木巍然秋水遠，歌吟青眼對蒼茫。

七律　贈趙國、一丁、狂狂生

盛世歌吟未肯休，潛鱗翔羽望中收。
長天有月團圞好。遠水無痕輾轉愁。
趙國音聲聽角起，一丁體態看風流。
狂狂揭幟傳薪火，滿眼光華聚義樓。

七律　嘲友人虛聽

君顱如此奈其何，鎮日盤旋幾曲歌。
黃土高坡三岔口，紅鬃烈馬萬泉河。
有時悦耳清弦美，無處藏身敗鼓多。
仰望天棚空悵悵，風生月上影婆娑。

七律　贈京戰兄兼賀大作出版

御風當日態泠然，慣看齊州九點煙。
卻把軍門獅子吼，來參詩界女兒禪。
橫江葦可從遊歷，平水音堪任選銓。
著作昨鐫時雨露，春泥春草又明年。

七律　寄力夫兄

君家才調每輝光，詩史文華第幾張？

牛斗終難埋劍氣，歌行未肯譜霓裳。
採蓮棹晚吳音媚，詠鳳詞清楚狷狂。
為問雲車載公子，翩翩何日過吾鄉？

七律　贈張力夫先生

年來常入大山遊，老鶴清猿每聚頭。
春雨群花生滿樹，秋風一葉冷中流。
吟君好律琳琅句，銷我塵襟輾轉憂。
想像黃金臺上客，江天萬里看驊騮。

七律　步金水兄席上見贈

昨宵快意客幽燕，漠上風疏帝里煙。
諸事真如金蘊水，半生氣象馬行田。
華章有法雖高下，摯友無須卻後先。

筆底詩關家國事，荒原逐日起吟鞭。

七律　聲帶術後居京復查與諸詩友飲於高粱橋斜街宴後草作

知君險韻無餘子，顧我塵懷有限詩。
掛號方分喉或耳，擎杯酒許水由之。
三千古典堪回味，一夜西風好護持。
想望居庸佳氣在，聯翩七友展鬚眉。

七律　力夫王燕詩到，用韻再答

兄弟從今增羽翼，江湖終古待歌詩。
當場儷語誰尊者，上國詞鋒莫改之，
味道茶禪清始覺，生涯瓜豆好方持。
光陰盈寸金盈寸，鼓角樓頭幾白眉。

七律　居庸諸兄和詩精彩紛呈，私心感佩，依韻和之

十萬花妍都下士，三千芥老漠邊詩。
兼天黑水流來者，徹地黄沙卷去之。
射虎威聲今倘在，牧羊苦節故能持。
盈虧漢月枝頭俏，依舊輕彎柳葉眉。

七律　再呈居庸諸友

慣看沙平月滿山，等閒竟許傍崇關。
明時茶隱清時味，不語禪兼解語鬟。
風載鵬程雲萬里，霜敲馬骨道千般。
詩家好會心期久，坐待花鮮碧水潺。

七律　金水兄戲稱我為「債主」，賦以謝之

京華去歲朔風寒，杯酒交親一例歡。
兩度蒙君稱債主，幾回校韻弄泥丸。
吟龍舊作雲中有，舞雪新裁壁上觀。
盛世詩家標格好，金生麗水九還丹。

七律　贈友人

與君海嶽夢中飛，大道人間肯式微？
百丈鋒芒心不老，九邊月色馬猶肥。
揚柯玉樹開芳蕊，逐鹿銀川奪錦徽。
攜手名王原上望，長風萬里鼓征衣。

七律　二月二日復力夫酒、水、詩之論

蓮生舌上義兼之，密律真情兩護持。
傾蓋歡然危嶺壑，扶頭莞爾小觥卮。

爭如不見長流水，卻似無心未老詩。
二月春龍來雨露，隨緣居也鳳凰池。

七律　贈友人

彼緣雨雪此緣風，來去經天再度鴻。
豹隱行前沙漫漠，雲揚別後柳淒蒙。
浮君遠翼期公健，暢我遙襟共子崇。
轍語轔轔春永夜，小蓮池夢入飛熊。

七律　友人魚刺刺喉，賦以相謔

濟楚衣冠坐一樓，無關議論馬風牛。
全天道具披披替，半夜歌聲卡辣謳。*

---

* 披披替即PPT，卡辣謳即卡拉OK。

防備原知魚有刺，治療始許鑷當喉。
錦鱗豈是尋常物，好放洋洋入海流。

七律　和力夫兄

知君瀲灩酒盈缸，況復褰簾月滿窗。
白也嘗邀尊客主，軾乎欲去誦蘭茳。
三山禪隱隨緣悟，幾杵鐘疏加意撞。
文字當前誇驥足，吟帆又指汨羅江。

七律　和力夫

為有新交共舊知，秋空一碧盼鷹馳。
遂教青塚紛紜客，卻做騷壇爛漫詩。
草野浮沉和我老，風花跌宕重君癡。
扁舟雪夜輕來去，但是神行任所之。

七律　沙塵暴起，風沙入室，勉為灑掃，一片狼藉，賦此解嘲云爾

一夜揚沙掩鄙廬，卧聽大塊鼓其呼。
當風電線牽疑斷，閉戶鋼窗有若無。
眼耳原知身外物，塵埃卻入望中廚。
黎明即起殷勤掃，百帚千痕似畫圖。

七律　說詩

文壇應是百花嬌，舊律新詩兩自高。
燕瘦環肥成體態，山光水色展風騷。
含章大雅垂千古，害義浮華棄一毛。
去就夷猶真境界，長天好月伴醇醪。

七律　觀京劇《沙家浜》嘲胡傳魁

無恥誰知黔首淚，有槍便是草頭王。
殘塵敗土揚三尺，老蔣新倭掛幾方。
忠義旗牌遮眼術，水缸事業擋風牆。
曲終鱉蟹歸羅網，不廢陽澄百里香。

七律　靈物循環

靈物循環事未奇，暫憑虎馬記芳時。
三遼踴躍雷音早，一沈飛揚燕羽遲。
好坐春風聽故訓，不眠秋雨寫新詩。
滔滔別後江山遠，何日同兄共酒卮？

七律　强項

强項經年閑劇痛，舊詩過眼老昏花。
歸途霽雪浮鷹羽，別路舒雲漫海涯。

倉廩實虛擎國脈，衣冠奢儉做人家。
中西次第繁時令，顛倒南音若北笳。

七律　蹤跡

蹤跡年年類轉蓬，歸鴻渺杳憶心盟。
花朝未便科頭坐，月夕重來袖手行。
盡有好枝誇爛漫，可無濁酒洗孤煢。
涓涓春水徒清淺，底事悲歡一例傾。

七律　夜雪

紛紛夜雪打楊枝，縱酒談龍未故遲。
竹爆無聊才困眼，聲鼾有致漸成絲。
素衣梅老一惆悵，重霧高星兩轉移。
明日人誇時令好，漫拋春恨入新詩。

七律　冬日枯坐無聊

臥披陳卷耳聽簫，慚愧窗前古木高。
所幸有書兼有酒，差堪營李且營桃。
青春眷屬鶯聲早，盛世年華品物豪。
千里故園懷舊夢，幾人宿雪滿綈袍。

七律　晨起

晨起雲飛又換妝，兩峰南北細裁量。
滿山綠草玲瓏碧，幾處田園寂寞荒。
醒醉因人澆塊壘，疾徐隨意做文章。
天涯若許閑來去，一任紛紜話短長。

七律　照鏡

照鏡年華初有情，誰家長女早知名。

新衣裁就嬌花小，幼弟攜來軟語輕。
老父心多評甲乙，舊家緒亂訴分明。
悼亡清夜長開眼，恩怨當時自不平。

七律　疏狂

疏狂垂老未能禁，犖确難平赤子心。
方駕長車行路曲，更驅倦眼看山深。
連天草樹爭顏色，徹地峰巒伴嘯吟。
化電聲光成世界，此中真意可追尋。

七律　故地重遊

故地來遊感慨深，一重草木九重心。
滿城指點新人物，盈路風吹舊客襟。
此日牆垣猶肅肅，當時松柏尚森森。

晶瑩白雪窗前舞，誰把青衣着至今。

七律　聲帶息肉術後，嘲且慰之

生計頻年語不休，馬龍車水像其流。
音嘶未便三緘口，性躁無端幾碰頭。
此後聲華憑爾力，當前刀藥去君疣。
澄明境界何須問，遠壑高峰自在秋。

七律　寰球流轉

寰球流轉幾周睟，彈指催開燦爛花。
秋水半屏臨塞上，春風一鍵到天涯。
神京雨雪心成史，大漠晴陰我是家。
變化魚龍生羽翼，圖南消息動雲霞。

七律　獲聞聲帶息肉化驗結果

浮雲昨夜去無蹤，臥誦詩書到曉鐘。
滿握花看顏色麗，盈天星覺露華濃。
欣傳好語雖失鑰，快飲甘泉卻動容。
整頓旌旗人未老，明時一笑路千重。

五律　送雲生

易傳天行健，雲生日日新。
春風吹四載，德業邁同倫。
揮手朱弦雅，開言青眼頻。
束裝心浩蕩，此去海天親。

五律　贈王志民先生

先生真至者，矯若嶺頭松。

品調簡而古，文章淳且恭。
登壇傾美玉，指畫吐襟胸。
作賦尋常事，飛揚五色龍。

五律　余詩稿中黄粱誤排作黄梁，凡二處，劉連恕兄為指出，賦此以謝

攪破邯鄲夢，方驚粱作梁。
應難調禹鼎，恰可拄殘牆。
縱係手民誤，終歸梨棗傷。
臨文頻戰慄，天地兩蒼蒼。

七絶　讀趙麗宏先生《玉屑集》

腹笥知公玉屑多，無端錦瑟越人歌。
孟嘉鬢影蕭騷久，誰與擎杯詠綠莎。

七絕　聽袁祖亮先生發言

漢相詢牛跡已稀，每憂水火干天時。
憑誰爕理經綸手，秋肅春溫好護持。

七絕　勉友人學書畫二首

其一

江南江北入青丹，筆底山川壁上觀。
時雨杏壇生繡色，秋風危閣小波瀾。

其二

人生際會有窮通，潮落花飛月在空。
晴嶂煙巒多勝意，好將寫入畫圖中。

七絕　贈何其耶徒先生二首

其一

琴書已具自家真，更賦詩詞句句新。
我道平時磨礪苦，人言蘇子是前身。

其二

蘇蘇自小語如弦，眉目分明服色鮮。
我女晗晗嘗告我，一逢小妹一欣然。

七絕　呈王志民先生

洞見幽微深索隱，先生盡日事丹鉛。
每拈冊府真三昧，釋卷憑欄對碧天。

七絕　賀友人生日

印雪飛鴻卅四年，已將閲歷作奇傳。
而今撲面風兼雨，一笑顏開立逝川。

七絕　呈內蒙詩詞學會諸公二首

其一

未赴吟壇可奈何，草成詩稿幾摩挲。
遥期盛會東風好，佳氣如雲秀句多。

其二

寄情風雅試牛刀，黑水青山意氣高。
已唱牧歌三萬里，人生如此最堪豪。

七絕　驚悉何其耶徒夫人仙去，賦此以贈三首

其一

歲末寒梅竟褪香，料兄一夜鬢堆霜。
無邊朔漠招魂處，莫把哀弦詠鳳凰。

其二

濡沫親情不計年，幾回雙照月嬋娟。
知君夢斷孤鴻去，眼底琴書兩黯然。

其三

萬樹江南春已回，雲飛塞上是天臺。
勸君好護人文脈，良馬春原逐隊來。

七絶　余詩稿中兩用「夷猶」，劉連恕兄垂問，因以答之

集裏詩成率爾中，詞塵語下境難工。
夷猶大要從容意，疊現端因腹笥空。

七絶　君行

君行塞北我河南，恨不同行看賀蘭。
古寺雖經三劫火，猶留佛氣鎮危巒。

七絶　賀力夫華誕

興安猶記雨霏霏，嶺上風情染素衣。
重九高秋消息動，先生不惑學生肥。

七絶　誤發短信至滑國璋先生處

一鍵功虧信不歸，居然亂紫近芳菲。
秦書趙與顛之倒，賢弟仁兄是耶非？

七絶　才情

才情漱玉不模糊，學問班昭世上無。
俊逸劇憐蓬勃女，翩然海上做漁夫。

七絶　讀詩三首

其一

堆垛鐘譚積弊深，論詩孰料有文心。
翻如聽曲臺前客，未必能歌始解音。

其二

頓悟由來靠漸修，躬行勤力理能求。
當流越澗騰身起，置足無方怎運籌？

其三

白雪梨花入健詩，深裘大馬玉關奇。
煎天熱海憑魚躍，鼓蕩胸中百萬師。

七絶　歌詠比賽八首

其一

眉頭才下上心頭，女子玲瓏解說愁。
流水高山天闊大，迴腸一曲月當樓。

其二

怒濤立海卷蒼穹，此燕雄飛御大風。
雨驟雲狂容易事，垂天一笑對雞蟲。

其三

領袖艱難肇偉基，巴荒蜀野烈風吹。
賽歌猶唱紅軍頌，磐石安如敢忘危？

其四

堂堂之陣赫然營，輕取盈天唱彩聲。
還似當年聞鼓角，白頭將士壯心萌。

其五

野曲新翻野味深，高原雪國九千尋。
倚風自是芙蕖好，能作人間天籟音。

其六

如月新妝早畫成，清鮮眉目兩盈盈。
舞姿宛媚纖纖柳，襟袖飄揚脈脈情。

其七

此日林郎作壯聲，童頭碩腹語訇鏗。
躋攀分寸傾肝膽，麥克音消霹靂橫。

其八

心中笑比芙蓉綻，眼底人如海上濤。
舞逐春風風乍起，歌隨白月月猶高。

七絶　飲酒

涂鴉字劣酒偏奢，大雅當前敢自誇。
指破無弦勞月旦，雲山江水寫才華。

七絶　題照三首

其一

曾羡鵬飛千萬里，沖天擊水起扶搖。

好將眼底池中物，化作南溟海上潮。

其二

藥泉山畔五池聯，湖似明珠水似煙。
人物其中舒窈窕，天孫歌曲動船舷。

其三

犬吠蟬嘶樹影長，月光如水草如霜。
悵然一望天遼遠，星外清陰孕太陽。

七絕　勸君

勸君人我莫空談，錯會真情兩不堪。
絮已沾泥求解釋，無風古井日三參。

七絕　依然

依然眉目若參禪，浮世波瀾待化還。

病至休驚春意遠，舌强如木看鳴蟬。

七絶　喉部息肉手術口占

天使白衣手術臺，浮生百事等塵埃。
關情最是親朋輩，紅葉高風次第來。

七絶　苦瓜味重

苦瓜味重老湯鮮，套管針柔液滴聯。
過雁雲高新作字，殷勤笑我語初圓。

七絶　住院寂寞，兄弟送花籃

深紅淡紫幾枝芳，和露裁來滿室香。
為伴斯人除寂寞，更攜好月照甘棠。

七絶　殷勤誰問

殷勤誰問有詩無？今夜先生解我迂。
自是高天風色好，欣傳短信水雲區。

七絶　參加某學會年會聽人疊陳新見，打油一首

才了詩書復種田，笑歌聲裏又明年。
風流款式林林總，沙滿恒河月滿山。

七絶　虛靜

虛靜皆誇境界真，誠能虛靜是何人？
應知小李純情句，碧海青天有限身。

七絶　氈房

氈房新乳未經煎，暖至風和四月天。
素手攬來真勝雪，此時應念草如綿。

七絶　飛書

飛書電信動星文，人物風標道出群。
慚愧晨曦成記憶，於今黑白兩紛紛。

七絶　縈懷

縈懷最是一年秋，想望湖沙入舊舟。
巢燕翩然隨去住，漸傷意興怕登樓。

七絶　莫因

莫因增減費平章，無賴春風捲地狂。
一點靈犀通款曲，玉環銜取碧霞觴。

七絶　聽曲

翻疑身在五雲間，鷗鳥忘機蒼鷺閑。
一葦臨風歸棹晚，春江花夜月彎環。

七絶　三月

三月山青草未青，憑高屈指數陰晴。
晚來飽啖農家飯，鼓腹聽人唱耦耕。

七絶　病中

青春日日吐楊絲，品物繁華入妙詞。
魂夢而今顛亦倒，既無好景也無詩。

七絶　雲路

雲路千程過舊疆，單車百里指新鄉。

中州文物琳琅地，莫歎音書兩渺茫。

五絶　寄力夫

秦嶺三千里，風雲料已殊。
君家囊篋滿，能寄一詩無？

五絶　朝俠攜一點來訪

硯鐫鵜頸曲，茶採斗山青。
八士春風裏，新飛一點翎。

五絶　俊青兄賀節短信發一組笑字，姿態摇曳，賦以謝之。

筆底生花易，空中送笑難。
斜飛排雁羽，摇曳態翩翩。

五絶　題江南夜繡圖

南國深沉夜，挑燈繡竹林。
縈懷兒女事，此際最關心。

五絶　蟬鳴

秋意同蟬遠，心波逐水平。
當筵誇只手，師弟正欣榮。

七古　雅士歌贈振華兄

振華兄坦蕩清疏。注重然諾，喜談謔，廣交遊，思理深至，詞彩英發，作為文章，彬彬大雅。居恒推重神韻，至於忽其形貌。寓所原植槐樹一株，以為國槐，因名其居為槐花山房。春秋代序，是木也，枝幹攲斜，蟲生其上，審視之，楊槐也；乃伐去楊槐，植榴樹二本，易槐花山房之名為雙榴園。想像明年榴花如火，果穀實堅情景，不覺神色飛動。於是經營沃灌，旦視暮撫，愛之殷殷，憂之勤勤，至於冬來澆水，秋去裁枝，不料雙榴福薄，竟然枯萎；復購篁竹，植於庭院，匾其居曰有竹人家。明年，竹長勢鬱茂，人皆稱道，兄亦自喜。一日月下視之，見有英生於其上，心存詫異，倩人考之，黃蘆也；於是除去黃蘆，向卉木市場購得梅樹一本，冀其疏影橫斜，暗香浮動，便以名其居所。延至春來，此樹竟與尋常桃李同其繽紛，不盈月間，花落紅鋪，乃見青杏累累綴於枝上。振華兄植槐易榴，護筍成蘆，至於將杏作梅，幾番經歷，曲曲折折，然皆清雅有韻，橫生幽默，譬猶九方相馬，驪黃牝牡，白石作畫，遺貌取神，而愛物之心，一以貫之。因記之以詩，想亦無傷兄之令德也。

舊廬素樸滋味長，簷牙嬌若能飛翔。
品畫讀書得意事，往來長者多輝光。
為慕國槐格調美，一樹移從水雲裏。
欣然便以名吾居，槐花山房當厥旨。
年年沐雨迎東風，往往鬱茂稱豐隆。
七月忽焉變故起，枝攲葉卷幹生蟲。
詫異不知竟何事，賴有朋儕素博識。
說破凡種只楊槐，復以笑談恣謔戲。
白雲蒼狗春生秋，楊槐伐去植雙榴。
想像明年小院裏，芳心束束花含羞。

花開未必百花妒，園名雙榴應無誤。
主人呵護情殷殷，朝來觀瞻暮還顧。
三時沃灌水盈盂，為驗枯榮爪其膚。
或有搖本換壤土，十二時辰頻相扶。
慚愧此木知所止，不企榮華厭朱紫。
蕭瑟天邊聽金風，宛轉落紅石榴死。
羡竹有節標清標，劍拔十尋勢沖霄。
幾叢門對韻味雅，有竹人家添妖嬈。
頻傳消息居有竹，脫俗寧可食無肉。
流水高山良朋多，誰憶寒蟬唱西陸。
同學卓卓同鄉賢，舉杯歷歷稱昔年。
長歌白眼藐餘子，齊州萬類如雲煙。
缺月如玦玦似月，隱隱霜裏見英發。
始知苦竹是黃蘆，繞宅翩翩舞不歇。

百花品質誇寒梅，東西街肆幾徘徊。
為報深情子苑子，從容買取臨窗栽。
乍看神逸氣格瘦，散淡扶疏夜與晝。
遂令觀者收其心，清酒淋漓為君壽。
明春梢頭燦爛花，嬌紅一片欺雲霞。
俗豔定非方外物，濃香混卻龍與蛇。
花謝花飛事俄頃，堪憐青杏生梅柄。
莫認主人真疏狂，一笑秋光照鬢影。
遺貌取神趣事多，驪黃牝牡豈殊科。
漠上京都有同好，為君新翻雅士歌。

七古　張俊德先生畫西湖處士梅妻鶴子圖，落筆悠然神遠，意境超逸清幽

夢入處士濱湖家，偷來疏影橫若斜。

點畫輕盈作雪亂，先生為寫梅之華。
吾寫梅花佐美酒，喚取君家綠玉斗。
清酒飲罷思湍飛，落筆拈枝小垂手。
不畫西子居錢塘，不畫斜暉浴鴛鴦。
丹紅一點翰墨落，便成引頸仙鶴長。
縞衣神仙素羽侶，鳴聲應是出塵語。
更斂精神一足舒，羽翼淩空霞其舉。
處士心和神色夷，葛巾藜杖之所之。
即護靈禽沖霄志，莫令奇葩不展眉。
何時雪堆滿山川，一聲嘹唳翔九天。
處士已向來處去，孤山南北籠雲煙。
畫罷心平手未歇，題詩滔滔壯思發。
梅妻鶴子林和靖，為舒吾弟氣鬱勃。

七古　吾友某君自述經歷，頗為感人。余因賦此詩，以代言體記其涯略，聊表敬意云爾

吾身生當餘杭中，錢塘江水連江風。
西湖清澈魚從容，靈隱幽深山朦朧。
父習武略諳刀弓，母演珠算稱明聰。
已見承平休兵戎，復把詩書教兒童。
千鈞霹靂驚長空，一家淪落飄其蓬。
定居始在東遼東，門對長山崇峰崇。
老父黽勉誠親躬，萱堂遺愛真無窮。
弱子心志天邊虹，白眼對人誰雞蟲。
少小乏衣食難充，苦恨艱辛常匆匆。
省府求學欣開蒙，探索奮發能為功。
案例習題搜來豐，心思縝密交相融。

設計精巧文章工，贏得人人誇玲瓏。
同學少年心相同，開闔萬里衡恒嵩。
吾自言笑翩翩鴻，不慕繁華期丹楓。
要將長纓環蒼穹，窮邊塞漠超群雄。
時來脱穎達其衷，别辟蹊徑窮之通。
莽莽榛榛松千叢，漠漠雍雍荒丘隆。
篳路藍縷迎霞紅，夙興夜寐鳳歸桐。
如切如磋心龐龐，問天飛度煙雲籠。
北極板屋書香宫，鵝羽長衣儼然熊。
學成自是瞳青瞳，辛苦卓絶難關攻。
龍吟虎嘯鐵火銅，巨野長原馳其驄。
旁人逐利塵隨洪，我身清直一心公。
凡事原始預知終，不向人前妝癡聾。
成就輝煌淩崆峒，處處風格主人翁。

世事流水浮艟艨，時如行雲時怔忡。
人生滋味鹽薑葱，準備新添純羊絨。
詩成無須杯盤盅，縈懷事業來偬倥。

七古　詩賀友人銀婚

聽騰龍，看伏虎，盛世雍雍沐雲雨。
兩鬢風，明月中，一襲青衣矯若天邊鴻。
騁才鋪彩翰墨裏，折桂當年竟誰子？
但有真愛心玲瓏，豈必堂皇盡朱紫。
人如水，車如飛，韶華去矣何時歸。
池塘嫻靜春草綠，天際蕭灑秋山巍。
婆娑一帶竹漸老，未羨别枝杏復棗。
鴛鴦盞白酒花清，劍膽琴心無限好。

七古　詩客行

吟詩撚斷幾莖須，安排緩急若葭莩。
色正何嘗慮染濡，東山醉倒風相扶。
有時當衢吹清竽，廣座稠人看似無。
讀書作字樂三餘，上國況復食有魚。
心繫民瘼切肌膚，建言濟世勝懸壺。
白眼自白青眼烏，腹藴文章彩煥如。
農家坐慣效僧趺，湖面波澄來雁鳧。
莫教遠志近泥淤，邁往淩霄未踟躕。
原知歲月不少居，好迎朝日策名駒。

七古　邀客仿何景明秋江詞

野茫茫，長河遠，青山高，春草晚，
浮大白，笑靨淺，風生衣帶寒鬓短。

人去也，在中流，
飛湍濺雪江上舟，遙知北地鎖空樓。
樓前車馬徒誇盛，舟中回望正凝愁。
正凝愁，聞鵲喜，郵件傳，過春水：
塞上雨頻風露美，好攜朋儕來萬里。

七古　别情

皆言别離苦，依舊苦别離。
越陌度阡芳草萋，登高臨遠風吹衣。
日出細柳帶朝露，日入餘暉籠喬木。
出出入入來復來，認取行跡碧蘚苔。
灞橋已諳萬里意，濁酒悔銜三疊杯。
羊牛下來悵復悵，故人去矣竟何向？
不如放其心，歸書林，

去除口鼻舌身意，悠揚清嘯做學人。

五古　戲作

張目無所見，唯君縈我心。
君縈心尚可，君淚莫沾巾。
入門何所有，憶君誦我詩。
君誦詩尚可，君愁且展眉。

五古　吾輩

吾輩身猶在，托體豈無埃。
年年雲掛樹，不用解開來。

五古　雨後觀棋一意二首

其一

微風塞草淺，老杏落英稠。
雨色槐楊若，棋音鐵石侔。
初開新序燕，還重舊盟鷗。
天氣明朝好，山公又遠遊。

其二

陌頭繁綠草，塞下落紅英。
雨洗槐楊色，棋聽鐵石聲。
允開新校序，當念舊鷗盟。
竹送清涼好，瀟瀟伴遠征。

浣溪沙　贈王一泉兄

萬點清紅惹鬢絲，雪泥鴻爪跡參差。無魚樽酒亦歡時。
照水村橋仍舊路，載陽原樹又新枝。可堪別後隔年期。

雙調夢江南　送趙瞻兄返京

西風起，木葉下紛紛。落帽相知離塞北，興來訪戴更誰人？日色正黄昏。　明年事，綠野紫羅裙。千尺柔條無限恨，把來吩咐月邊雲，未見也銷魂。

高陽臺　畢業二十年憶往兼寄同學諸君

網上尋蹤，心中攬勝，當時光景悠悠。嘯詠歌吟，假山亭角樓頭。匆匆最是黄昏後，叩師門，解惑銷愁。剩多情，乳燕雙飛，細語啁啾。　而今縱使人無恙，也微霜染鬢，船到中流。碧水青山，等閒莫放歸舟。波驚浪快長天肅，看吾曹，翩若沙鷗。待重逢，臨遠登高，不愧前修。

浣溪沙　賀蓋山林先生新著殺青

岩畫發明炳日星，草原簡冊又殺青，回眸閑看小波滎。

治史心思家國運，作歌手段鳳凰翎。過門婉麗酒邊聽。

浣溪沙 中文系八一級同學畢業二十年，聚會於克什克騰，盛情邀余，瑣務纏身，未能與會，寄趙瞻先生兼謝諸君五首

其一 當日諸君

當日諸君正少年，初陽春草滿山川。常將心事繫飛鳶。

綠酒薄愁容易醉，紅綃清淚等閒看。趙公瀟灑未華顛。

其二 大隱京華

九月窮邊撤帳歸，西風黃葉故飛飛。相期珍重囑加衣。

大隱京華酬夙志，故交塞漠待新詞。青山一髮再來時。

其三 達里湖濱

達里湖濱一夜涼，素娥青女舞門牆。定知誤卻看朝陽。

野馬塵埃成雨露，雜花淺草映流光。此時莫認是尋常。

其四　石林無語

細數巍峨第幾重，嬌花點綴態玲瓏。且拋青眼向雞蟲。
遠客有情新雨後，石林無語晚風中。一天應恨太匆匆。

其五　惆悵年來

惆悵年來夢不成，癡肥體態鬢星星。朋儕事業日初昇。
濁酒已停情味減，小詞漫道氣格增。與君約唱大河清。

浣溪沙　中文系八三級同學畢業二十年聚會感賦七首

其一　地北天南

地北天南師友心，長原綿邈碧雲深。年年園樹變鳴禽。
桃李陰濃成碩果，詩書義正動遥岑。簷前榆柳尚森森。

其二　為有青春

為有青春遠道來，鴻文諸老盡開懷。從容晤對此悠哉。

已把英華延舊夢，且舒歌舞到新階。隨人攝影照紅腮。

其三　莫點明燈

莫點明燈理酒妝，當年兄弟醉倡狂。星光過眼具棱芒。
歷苦終堪天下用，分甘竟許世間嘗。回眸笑指幾鴛鴦。

其四　明日登車

明日登車看老牛，歡言一路未能休。誰憐拍岸兩沙鷗。
從古男兒尊美酒，及今女弟據中流。清風朗日勝高秋。

其五　氈帳星羅

氈帳星羅大野中，當前日下月朦朧。晚霞流素褪輕紅。
舞袖翻飛雙鬢綠，煙花騰躍九霄重。幾人快飲矯如龍。

其六　賴有朋儕

賴有朋儕記夙初，蕭條屋宇只櫥書。工資半百有時無。
慷慨與君憂已共，昂揚把臂樂誰殊。麻油豆腐煮青蔬。

其七　二十年間

二十年間景物移，丁香看老向南枝。傾心事業趁明時。
馬縱平原須約束，舟行逆水要扶持。人生最重是相知。

采桑子

昨宵幽夢芙蓉小。葉已亭亭。葉已亭亭，十里平湖駘蕩迎。
覺來正是端陽節。雨也盈盈。雨也盈盈，一片蓮心徹底清。

長相思

李花紅，杏花紅，五月春濃第幾重，人間香暗融。
霧濛濛，雨濛濛，雨霧飄零襯曉風，長天亂點鴻。

傷春怨　歸途

曉起山當面，一夜幽懷無限。草樹帶煙霏，惱恨離人心眼。
別來風波幻，夢斷鄉關遠。此際賦歸歟，路漸近，情彌滿。

解佩令　鄉思

別離春早，歸時春老，恨青城、暗綠欺花少。滿地殘英，一半是、騷人煩惱。更能堪，數聲烏擾。　　青天縹渺，青山縹渺，便紅銷，月圓應好。迢迢音塵，醉夢中，前回歌裊。縱相關，雪泥鴻爪。

驀山溪

楊花飛盡，入眼芹泥潤。黛色上心頭，惹人憐，紅顏都殞。踏青休去，長草碧森森，雲拂鬢，風遠近，吹斷天涯信。　　舊游莫問，且把前塵認：雙剪正雙飛，遍郊原，播風流韻。那時清景，一例付吟歌。嬌李襯，新柳嫩，消卻平蕪恨。

減字木蘭花

當時月半，街畔分明同望見。玉鏡行空，水遠山長朗照中。
而今月半，離恨無窮光散亂。首似飛蓬，不為清暉不為風。

行香子

數盞燈明，幾片輝生，正人間雲外春盈。朋儕笑語，寥落閑亭。看星疏淡，霧依約，月伶娉。　三光莫指，一事須聽，怕涼飆天末流行。文章底事，造化虛名。賞五車書，萬言策，海山盟。

少年游

伏中猶是月華清，獨自繞街行。幾家深巷，燈光明滅，夜韻哪堪聽。　三十三載成虛度，舊事若浮萍。歲歲年年，離合契闊，來與鷺鷗盟。

臨江仙

倚樹聽蟬郊野靜，當前山色朦朧。菜根土豆得長供，縱多磨礪，依舊唱東風。　初度卅三春未了，吟邊樂事難窮。人言海上有仙蹤，心馳神往，乘我月邊虹。

浣溪沙　初雪掛樹，一片晶瑩

一樹盈盈滿素裝，分明細葉小梨香。橫塘未穩睡鴛鴦。
塞上心旌雲浩渺，京東意致水綿長。此時莫教夜生涼。

物我欣然

七律　小野鴨兒

羽若蘆花看愈親，況憑稚掌馭微淪。
驕陽護頂環金絡，嫩草連腮帶玉唇。
不向人前希冷飯，要從水底得新鱗。
年年有筍年年竹，風物年年做好鄰。

七律　鸚鵡情三首

其一

吾師王志民先生於書齋晴窗之下養小鸚鵡二枚，其色碧如水，黄如橙，其音如鳴風鈴，如調琴瑟，可謂悦目賞心。余以為此鳥雖處籠中，不能向南天作自在飛翔，然深冬而居暖室，得親書卷，無風霜之苦，且待其毛羽養成，先生自會放其一飛沖天。故草成七律一首以寄意。

水碧橙黄數抹新，晴窗對爾五弦琴。

且因殘粒從人語，莫向遙岑作遠音。
暖室既能親畫卷，深冬豈必近寒林。
先生呵護成神駿，小翅沖霄過萬尋。

其二

前詩成後不數日，余偶過先生處聆教，見籠中只餘鸚鵡一枚。因驚問先生：「別一隻安在？」先生曰：「已自開籠門，飄然去矣。」余視籠中之鸚鵡，覺形單影隻，頓成悽楚。先生亦曰：「此二鳥本係同林，恩愛形諸神色。其一去後，存者不愉不歡，態度戚然。偶一鳴叫，意甚蕭索，若有所思憶，有所憂慮者。」余因復為一律，語實平平，唯頸聯代存者設想，懸測飛去者之處境，自謂頗深摯委婉。

殷勤當日語喁喁，共作南天自在行。
掩鎖雙棲秋意重，沖關獨去曉寒輕。
縱隨霰雪飛高下，便逐滄波任死生。
日暮舊遊樓上望，鳴聲寥落總關情。

其三

數日後，先生憐籠中鸚鵡之孤零，復購鸚鵡二隻持歸，意者欲令其與前者為伴，藉以少慰寂苦。誰料新購得者，原為佳偶，入籠後，只是自相親近，刷羽拭吻，旁若無人。晝則相向而鳴，夜則相並而棲。當此際，舊存者霧鬢風鬟，時時偷眼相看，境遇愈益淒清。頗似小晏「落花人獨立，微雨燕雙飛」之境界。先生以此情狀語余，且言：「舊存者，晨起必作數聲鳴，隱約吞吐，最是令人心動。於此可見，天地萬物，莫非有情。」余有感斯言，更為七言八句，以寫其況味，亦欲以此說明一草一木，一蟲一魚，皆當同情敬畏。

佳侶新來住未安，相親早做滿堂歡。
羨他比翼銷魂立，憐汝孤清偷眼看。
霧鬢風鬟心既老，落花微雨恨相兼。
傷情最是朝聲咽，月照房櫳顏色寒。

七律　東風起楊花飛

東風入夏未能休，柳絮楊花競自由。
萬點溫柔來陌上，三時婉轉上心頭。
沾衣不悔當時恨，拂鬢方銷此日愁。

化做浮萍開水色，青山已老月幽幽。

七律　詠乾枝梅

北畝南荒無主開，倩誰擷取一枝來。
未爭雨露成新色，便歷風霜伴酒杯。
高處曾經橫瘦影，清時依舊臥蒼苔。
相從寂寞黄昏後，不羨穠桃倚玉栽。

七律　雨後薔薇花

雨後雲浮客跡微，薔薇垂蔓鳥聲稀。
戲言此後花空瘦，真到當前葉已肥。
肯羡天南風浩浩，誰知漠北雪霏霏。
無窮落蕊成新恨，清淚旁人染素衣。

七律　友人攝桃花，灼灼盛開

春回北地綻春陽，爛漫花香過短牆。
亂點梢頭疑是雪，横斜月下可欺霜。
無須對鏡成清供，何幸臨流鑒淡妝。
一樹從容精選得，羨君剪取好風光。

七律　友人饋指畫八犬圖

八犬聯翩妙手成，信知圖畫有精英。
前驅踴躍連塵起，後進歡騰逐筆生。
為愛新朋呈意匠，便教舊雨費經營。
年來每喜天然好，側臥邊秋誦鹿鳴。

五律　詠叢生月季

當日隨心種，而今爛漫花。

連雲遥是錦，繞水近疑霞。
顏色風前好，形容雨後嘉。
人情愁反覆，來對越溪紗。

五律　火鶴

開窗迎曉日，匝嶺有雲霞。
塞外山横黛，林間霧似紗。
裁枝憐火鶴，盥手試新茶。
且待三春好，鶯鳴遍地花。

五律　記夢

偶入深甜夢，群花白雪香。
靈輕觀海市，凝重破天荒。
捲地忽焉熱，遮天倏爾凉。

飛鴻天際遠，照影渡橫塘。

七絕　榴花四首

其一

夢對平生第一花，紅巾比貌色疑霞。
幽孤指上含香冷，呵護因人着絳紗。

其二

西京景物鬥芳菲，向日欹枝在翠幃。
秀句低吟心緒好，青春當此不須歸。

其三

秋去春來不記年，楊花作雪柳纏綿。
從他裝點翻新樣，似束芳心別樣妍。

其四

數抹嬌紅浸夢痕，金風未動早銷魂。

小園一角孤清影，百卉薰香未足論。

七絕　觀鷹圖

斂翼寧神藐巨淵，微開睡眼意翩翩。
風來捲地雲翻墨，擊水扶搖上九天。

七絕　布穀

豔李穠桃各占紅，無聊樓角對晴空。
一聲布穀簷間落，可奈鄉關舊夢中。

七絕　友人贈羊角印

碣石瀟湘萬里長，感君贈我籒文章。
從今一片羚羊角，風雨樓頭伴夜涼。

七絶　竹葉

朝露成團翠欲垂，蛙鳴雀沸滿東池。
最憐盛夏猶黃葉，細雨輕寒只自知。

七絶　春池

欄干照水水紋平，雨後春池特地清。
片紙檻邊吹欲落，山禽銜去做飛旌。

七絶　諸弟饋小盆景

盤根做腹亦成身，枝葉紛披綠占春。
百尺長條行看盡，盈盈小木對詞人。

七绝　馬詩為石玉平兄所攝駿馬題三十八首

一

高秋黄草影重重，氣韻飛揚尺半鬃。
一幅圖成豪士喜，矯然野馬果天龍。

二

若銀若鐵二良駒，君是前鋒我步趨。
綠草粘天鶯語軟，人間仙境水雲區。

三

長山鉅野雪玲瓏，一旦奔騰頂上風。
終古路遥知健足，雲平萬里認驕驄。

四

無邊草色見青黄，天宇渾茫接大荒。
明日追風何處去，與兄並轡且商量。

五

撲面風狂雨驟音，行空天馬入荒林。
前途應是無拘束，塞上秋高百樹金。

六

春原良驥數龍媒，今更雙雙洗馬來。
莫道飛珠兼碎玉，蹄聲起處已如雷。

七

人言神物自難同，列子當年解御風。
八馬雄飛高嶺上，一聲叱咤氣如虹。

八

二駿相逢看愈親，輕花項下比龍鱗。
黄沙白草男兒事，馬背顔開曉月輪。

九

高原獨立氣恢宏，簇錦新袍照眼明。
斜跨雕鞍生嫵媚，銀駒赤兔早嘶風。

十

銀須瀟灑滿君頷，況有孫兒兩尺男。

一笑憑鞍天闊大，從來龍馬是搖籃。

十一

奔騰九馬飲長河，白日光浮舊水波。
振鬣原知心萬里，金沙灘上大風歌。

十二

紅雲捧日赤如丹，大海層波是遠山。
留取人間閑態度，疏林無處不鄉關。

十三

鐵色濃雲束日光，音清曲水正鳴琅。
從容牧放長原好，五彩氤氳甲一方。

十四

瀲灩波光秉日暉，親情舐犢迹無違。
世間大愛低眉久，半歲良駒漸已肥。

十五

漢上車行有若船，徒留轍迹舞聯翩。
何當縱馬迎初雪，捲地英雄正比肩。

十六

駿馬從來力萬鈞，況兼嘯傲得金鱗。
當頭一掣驚天地，許爾神行百里津。

十七

華貴衣裳套馬杆，平岡掠燕縱奇觀。
傾城豈是閒遊戲，要把青春放眼看。

十八

猿臂如君世已稀，更隨野馬逐風飛。
長身氣象移山力，一綫男兒八面威。

十九

風好香濃錦帶妍，長杆顫裊若新絃。
白波不是凡池水，洗馬歌呼向九天。

二十

馬背秋原海上潮，蹄音磅礴走狂飆。
健兒身手無倫比，還似當年射大鵰。

二十一

浩飲狂歌草上雄，男兒佳氣每如虹。
今來並馬平岡遠，大日光芒四野風。

二十二

草色初青共淡黄，東風過耳亦湯湯。
牧人最愛春光美，並轡端嚴着盛裝。

二十三

健蹄凌厲踏層冰，雪霧邊荒汗氣蒸。
此際驪黄迷本色，玉龍三百正長征。

二十四

推重當時數道林，神駿真評淨俗襟。

大野乘風長嘯好，回眸況愛草森森。

二十五

伯樂當年閱北群，盡收虎脊共龍文。
如今裁向西風裏，秋草秋山把示君。

二十六

從來烈馬慕殊勛，飲浴長河望遠雲。
高閣淩煙垂百代，風華何處李將軍。

二十七

高揚神采跨青驄，十尺長杆曲若弓。
奮發從他千鈞勢，疾風迅雨得環中。

二十八

果毅疑由鐵鑄成，關山舊事重心盟。
人間多少閑羈絆，任我昂然爽氣生。

二十九

指揮如意化龍初，眼底斑斕最壯如。
且入山川生鱗甲，齊天星斗駕高輿。

三十

行空無限地無疆，六尺名驕踏肅霜。
愛惜精英隨所去，莫教負俗愧八荒。

三十一

仰則能鳴俯則噴，輕驅八百更無論。
九天曉色新毛羽，為報名王浩盪恩。

三十二

黄驃銀鬃已逐風，輕憐猶在一杆中。
沙飛自是天高迥，更鍛良駒迅似鴻。

三十三

沙荒漸遠漸高崇，暮色黄雲特地融。
百駿馳來天一綫，真如元氣破鴻蒙。

三十四

一馬長嘶百馬應，物從其類象其朋。
今朝雪裏迷衰草，汗血呼嘘伴遠征。

三十五

馳驟由來氣度嚴，迅如風烈舉驚帆。
閑時飲浴清溪水，不用爭流亦不凡。

三十六

飛翮晨凫是好名，及身一匹縱兼横。
而今曝背夕陽裏，十百成群逸興生。

三十七

雄州駿足邁群倫，九逸名高共绝塵。
赤電浮雲齊過嶺，相尋異日到天津。

三十八

一馬奔騰動萬毛，飛來萬馬氣方豪。

錦衣綉帶男兒美，況有蹄音大海濤。

五絶　初陽

燕山休道遠，宿鳥故飛飛。
驛路紅雲起，初陽入翠帷。

七古　日出入行

日從東方出，仿佛地底來。
動搖相承光五彩，草色霜華共徘徊。
羲和為御六龍起，風斯在下莫之夭閼何快哉！
雲忽焉而撲面，歷九州兮掣電。
誰秉權兮運鈞，規萬化而莫倦。
噫吁兮，羲和！汝何為驅策光景代謝奔波？
榮枯何速？生滅何多？

盛者驕縱？直者蹉跎？
胡不泯其界限，飄然兮物我同科。

橋山泥硯銘

審其體，具九龍。有牛一，守池中。睹龍以思飛，視牛則力耕。乃有三更起燈火，五鼓旬然鐘。厥質謂何？曰泥鑄成。奚從得之？黃帝之陵。黃帝自古人文祖，開筆一縷快哉風。

五古　侄女畫扶桑花二首

其一

香仁能舞蝶，色豔可燒空。
畢竟禪心在，慈雲第幾叢。

其二

偏憐誰氏女，少小寫花枝。

畫罷亭亭立，青春爛漫時。

五古　己卯十月廿六日大雪

如絮靜無聲，飄飄輕且落。
丘巒皆素裝，天地何寥廓。
上眉不忍吹，呼嘘自爾若。
忽焉眼前花，翻成雲間鶴。
回看遲行跡，遠近成蕭索。
萬有籠一席，對此心漠漠。

五古　小青魚誄

天地真無窮，浮生一稊米。
五月客京華，為學前日始。
謂言文章疏，年來多萎靡。

及時當奮發，莫留他日恥。
同學來饋遺，草花令人喜。
小瓶更玲瓏，貯有清清水。
瓶內二錦鱗，赤青各一尾。
感此師友情，中心未能已。
捧置書案邊，相看坐復起。
雙魚正相依，唼喋情無比。
忽焉浮瓶頸，有時臥瓶底。
人間百態全，斯亦稱知己。
夜深焚檀香，猶羨魚之美。
晨起天風行，西池波如駛。
才登千萃深，復歎竹林紫。
山亭翼干雲，曲徑行逶迤。
歸來看吾魚，赤生青者死。

不覺心黯然，零淚流幾許。
乃知凡與天，萬物同一理。
蟲鳥無知識，人間有泰否。
以我半日愁，作此青魚誄。
生命堪同情，草木同君子。
明日瑣窗前，陽光照遐邇。
盈耳燕鶯啼，呢喃滿階陛。

五古　答人禪語

生涯瓜豆好，無如嗜欲多。
才下零丁種，便期綠婆娑。
未必花燦爛，定是果成籮。
雲霞鋪萬里，不是錦山河。

五古　瓜豆經

種瓜求得瓜，肥碩無倫比。
四野好風吹，清香透肌里。
往往事非奇，顛倒無所倚。
黃蕊徒紛紛，當時開而已。
種豆不得豆，此心豈由己。
沃灌並栽培，但求根蔓起。
恨不壟畝中，一日高三尺。
舉世同此狂，吾弟真君子。

魚口號十二首

開會無聊，想像魚之狀況，因成魚口號十二首，寄之同好，聊博一粲云爾。

魚樂

頭尾悠然久，空遊樂趣多。

從來無號令，荇藻是山河。

魚憂

昨日蒼苔上，忽焉掛舊枝。
清光成亂影，不似向來時。

魚不知

棲身大岸石，果腹小浮游。
渺不知風雨，何關瀲灩油。

魚躍

當時輕一躍，十載養其鱗。
點額從人指，三生不問津。

魚化龍

龍門波浩蕩，回望汗微微。
已與凡魚隔，同儕介羽肥。

魚欲

晚欲橫江海，朝須近渚粱。
天河容盥沐，心已更遐方。

魚驚

聽風常倏爾，看水幾迷離。
缺月三才靜，鄰蛙亂紫泥。

魚從

穿石連成線，驚鉤散作雲。
有時圍朽木，八百始為群。

魚無求

前途隨所遇，顏色忘陰晴。
秋水從容過，春灘散淡生。

魚度

三時怪得每游離，別浦縈洄跡可疑。
風景不殊恩正好，芳心無奈細如絲。

魚戀

去去江湖遠，相濡口沫新。
晨昏憐首尾，日下最驕人。

魚怒

能將須若鐵，豈必腹成蛙。
大目從來有，心輕海一涯。

浣溪沙　詠生肖十二首

子鼠

腹碩從知穀麥收，盤錢竟夜幾曾休。鄰貓疏闊與合謀。
盡有人英稱五鼠，無妨耳大佔先籌。細髯娶婦也風流。

丑牛

雪乳因緣惠眾生，川原舐犢草青青。晨雞三唱起春耕。
烈性萌初誰怕虎，長途負重爾多情。函關月下早聽經。

寅虎

形貌巍巍格調殊，充盈生氣世間無。回眸時看小於菟。
望斷雲山兼海嶽，肅清社鼠共城狐。民人從古笑黔驢。

卯兔

能吐文王怨已伸，誰依月桂望天津。丁零杵臼不辭頻。
三窟何關家國運，一毛先御父兄身。神光動若走團銀。

辰龍

染就金鱗慎點睛，提防破壁卻飛昇。好圖形貌做花燈。
跨海騰雲來雨澤，麗天回日走旗旌。河津魚躍水波平。

巳蛇

大澤屈伸矯若龍，偶留幻影借杯弓。無端填足笑雞蟲。
風入斷橋情浩渺，雨餘西子態迷蒙。雲垂四野百川東。

午馬

支道翩翩重爾神，連錢汗血炳龍文。過都歷塊小梁津。

得福塞翁稱智者，識途管子是達人。驕嘶遍看九原春。

未羊

賜也當年解愛之，彷徨大道故多歧。補牢誰待已亡時。

蔬圃無心休接觸，竹籬有角莫堅持。倩君開泰潤春泥。

申猴

莫向秋山險處啼，且迎曉日共天雞。仙凡自是判雲泥。

王者裳衣聊戲耳，人間寒暑謹遵其。心猿性氣九霄齊。

酉雞

一有啼聲破夜寒，丹霞早上萬家山。花翎雪羽簇紅冠。

起舞祖生心似鐵，去秦齊士月猶弦。太平圖畫寫君顏。

戌狗

庭院平安證道基，逡巡吠影護疏籬。閑狐狡兔各東西。

巴蜀雲霾疑有日，裳衣青紫枉相知。淮南霞舉事尤奇。

亥豬

高士孤寒倘牧之，肥豚玄質有殊姿。興風奮鬣踏芹蹊。
漢斗精芒生異種，魯津幻夢傲塗泥。屏山畫相果良醫。

學海詩航

詠近代學人十二首

七律　詠王闓運

狂語高行與道鄰，大儒狷士國之珍。
言功帝術三專業，肝膽心懷兩絶塵。
治學誠難通始貴，為官最易老方親。
當年不遇楊君度，蓋世奇人是妄人。

七律　詠沈曾植

觀堂三入沈公廬，許做詩疏草木魚。
論藝縱成雙楫著，有為再讀十年書。
雲中或見閑鱗爪，道里相詢走傳車。
點畫山風吹海立，關情何事在泥塗。

七律　詠俞樾

未必人人干國才，軍門號令枉如雷。
聲名已是文章著，心法還從考據開。
無數花衰春自在，有時泉冷嶺偏來。
晚年一笑襟懷遠，積薪學術起高臺。

七律　詠林紓

休驚吾貌諒吾衷，已築吾廬署冷紅。
紙貴當年天漢闊，譽隆此日泰西通。
投林燕任横斜去，窺戶人聽輾轉空。
兩字少孤生意盡，一聲悲送大江東。

七律　詠辜鴻銘

長辮由他翹不垂，獨行真似傲霜枝。
當君酒滿杯觥日，是帝煙銷竹帛時。

九國方言稱鳳羽，十三博士豈麟皮。
中西學術堪遊戲，洗脚江湖恣鼓吹。

七律　詠康有為

沖齡屬對化魚龍，山水西樵砥聖鋒。
萬木草堂飛宿雨，三洲野客泣寒蛩。
維新帶詔垂天翼，創始心期拔地松。
一作潮音若獅吼，孤臣駿骨報皇封。

七律　詠章太炎

龍泉討賊我公狂，大略平生借老莊。
萬博拳曾揮豎子，百飛熊許過賓王。
拚將涕泗垂衣帶，要瀝心肝賦國殤。
挺劍時危豪傑起，春風八士自泱泱。

七律　詠梁啟超

公車意氣過曹劉，說蔡平袁亦大謀。
浩論中西知偉器，玄機上下射長籌。
方城不作閑兒戲，扁鵲誰醫舊國侯。
湖海一身堪共語，百年力命幾鴻猷。

七律　詠王國維

菽水來謀滬上初，一篇詠史動高輿。
贍家友重瀛東客，載道鴻傳域外書。
鉅子集林探海若，陳文斷腕棄苴如。
義無再辱光英朗，滿把清剛散九墟。

七律　詠陳獨秀

君行其易我行難，共獻堯民寸寸丹。

卓筆孤峰陳獨秀，懸河九派入長安。
一雙風烈洪爐死，八面文奇白眼看。
臥榻從容公夢覺，當年北斗正闌干。

七律　詠魯迅

一因詩力羨摩羅，便做新華錦上梭。
為解胞民離水火，敢憑隻楫試江河。
平人喚起難阿Q，西語移來重彼俄。
慈母心輕天下事，從他祝福共風波。

七律　詠陳子展

骨硬從來道不孤，詩騷一體得真如。
任他聘解黔驢技，許我壇開上將符。
為學為文為社稷，不京不海不江湖。

違心誰向蘇河北，只蓄長鬚養故吾。

詠唐宋詞人十七首

五古　詠皇甫松

時空感慨深，沙嘴是江心。
一枕江南夢，枝枝葉葉吟。
閒雅存古意，當時冠詞林。

五古　詠牛嶠

金甲望長安，羅閨夢亦憐。
閨中與塞下，一寄解語弦。
詠物開新境，飛卿差比肩。

五古　詠牛希濟

詞名處處聞，芳草綠羅裙。
如眉是新月，驚夢展春雲。
可惜女冠子，不復溢清芬。

五古　詠李德潤

人言李德潤，為詞質且清。
南國風情在，羈旅哀波生。
如何古蕃錦，出此小荷英。

五古　詠顧敻

豔詞稱上駟，寫出透骨情。
換心知相憶，雅俗自分明。
骫骳開柳永，古拙見崢嶸。

五古　詠鹿虔扆

鹿公高節在，餘事作倚聲。
煙月野塘迴，微雨閒庭清。
卷荷香自淡，莫辭酒邊箏。

五古　詠范仲淹

公憂先天下，胸羅百萬兵。
聞笛思鄉淚，勒石報國誠。
更將纏綿意，寫入御街行。

五古　詠晏殊

少年登館閣，承平建典型。
氣象簾間燕，風光舊時亭。
為詞高處在，情理兩惺惺。

五古　詠張先

詞人誇老壽，向稱跌宕翁。
承前開聲色，啟後轉高崇。
醉翁賞綺語，桃杏嫁東風。

臨江仙　詠溫庭筠

鐵馬雲雕真稟賦，疏狂放浪曾經。當時無路請長纓。收拾屠虎手，指點滿天星。　看罷鷓鴣心未老，遥知暗雨泠泠。紅香翠軟任君評。已將穠豔曲，盡寫古今情。

臨江仙　詠韋莊

輾轉兩京悲戰事，吟成秦婦飄零。偶拈詞筆寄鄉情。數支菩薩曲，三字斷腸聲。　雖在花間稱翹楚，分明月淡風清。煩君且向指邊聽。句中多綺秀，弦上語黄鶯。

風入松　詠孫光憲

孟文三代事荊王，極目楚天長。征鴻粱燕成新夢，依然是、江水茫茫。也寫蘭紅波碧，何曾撒手瀟湘。　軍州獻罷仰恩光，千騎菈黃岡。楓汀蓼岸回眸處，料應記，人世興亡。雨怨錘成遒勁，雲愁打入華章。

風入松　詠馮延巳

風流雲起看南唐，春夢總無常。畢棲林雀朦朧月，倩誰聽，弦管悲涼。幾處花開花謝，一朝翻作滄浪。　紅塵契闊令人傷，和淚試嚴妝。閒愁閑思邦家運，忍相對，殘柳斜陽。橋下清波依舊，斯人特地彷徨。

滿庭芳　詠李煜

翰墨情懷，歌詩稟賦，後主天性悠然。莫停歌舞，休放月清閒。

檢點江南景物，都付與，舊律新篇。多才藝，風流俊賞，更譜念家山。　微寒。花落也，白衣似雪，豐草如煙。又沈腰潘鬢，落寞無言。慚愧瓊枝玉樹，當此際，生意闌珊。淒涼地，潺潺細雨，一曲淚痕乾。

滿庭芳　詠范仲淹

偶效陶朱，形容尫悴，文正當日孤寒。立朝操守，三黜報能言。僚友幾番祖道，咸稱是，光彩沖天。論忠義，龍驤虎賁，王質與爭先。　安邊。真境界，秋風塞下，雁陣雲間。任笛吹疏月，霧鎖關山。胸有甲兵數萬，開旗鼓，好作屏藩。邊聲靜，清詞麗語，波上寫寒煙。

少年游　詠晏殊

梁間燕子去還來，池上碧生苔。無人香徑，年年心跡，獨自正徘徊。花光柳色渾閒事，且放兩眉開。呈藝填詞，娛賓飲酒，燈火下樓臺。

少年游　詠張先

顛狂飛絮正蒙蒙，桃杏嫁東風。柔情銳感，清鮮生脆，描畫影朦朧。
席間感慨雲中恨，思致有無中。往事前期，眉間心上，跌宕老詩翁。

詠史二十一首

七絕　精衛填海

東海濤波路渺茫，西山木石隔窮荒。
銜來為報三生怨，小翅長天萬里霜。

七絕　夸父追日

鄧林猶傍別山巔，棄杖風流眾口傳。
縱令當初河渭滿，斯人向日幾團圓？

七絶　女媧補天

石成五色補蒼天，更斷神鰲柱四巔。
回望金甌端正好，春風秋水月嬋娟。

七絶　女媧造人

造人摶土可從容，獨立蒼茫意萬重。
何事引繩頻舉措，紅塵碌碌走凡庸。

七絶　伏羲女媧

夫妻兄妹費疑猜，未有民人宇宙開。
君看從來初嫁婦，含羞還抱扇新裁。

七絶　始做網罟

雙嶺龍翔拂日過，風流終古繞黄河。

伏羲生處雠夷在，教我田漁惠我多。

七絶　大禹治水

湯湯洪水泆西東，可歎先民萬室空。
疏導至今歌禹力，覆車垂鑒又誰功？

七絶　黄帝戰蚩尤

休言百姓等沙蟲，作霧欺天日月蒙。
一旦龍吟清角起，指南車畔戰旗紅。

七絶　共工頭觸不周山

天傾西北水東流，偌個英雄别樣頭。
從此昆侖峰壁立，江河九派鎖神州。

七絶　后羿射日

連環十日稼禾凋，怒箭强弓向九霄。
朝暮晴陰留一日，亂紅如血寫天驕。

七絶　夏禹傳子

禹王傳子子傳孫，幾姓稱王幾姓尊。
遂令滔滔江海上，循環反復變清渾。

七絶　夏之亡

始以親民肇礎基，漸傳漸久漸荒危。
覆舟縱做行舟鏡，依舊興亡一例隨。

七絶　傅説版築

牧馬坡高澗水寒，年年版築曉煙湍。

艱難到底成資歷，雨雪峰頭正衣單。

七絶　商紂

飲宴蜩螗或沸羹，君王自是愛新聲。
不緣喋血能漂杵，豔舞婆娑滿帝京。

七絶　讀史三首

其一

邊城雨土不飛花，野馬塵埃映漢槎。
未必無心弓弄影，人間煙火兩三家。

其二

沉浮人海日如年，縱酒耽詩兩可憐。
花謝雲流容易事，機關窠臼遞相沿。

其三

其心不過趁人危，卻飾浮辭作鼓吹。
百態生涯雲入眼，後來風物屬阿誰？

七絕　四美吟四首

西施

浣紗水軟落花輕，珍重人間爾汝情。
何事吳王深寵倖，五湖歸棹憶心盟。

王嬙

元是南邊解語花，移來向日倚雲霞。
春風鬢影低徊久，野帳青燈萬里沙。

貂嬋

紅嬌翠媚映畫屏，水複山重鳳儀亭。
千載杯弓空影像，當時定是惜惺惺。

楊玉環

楊家有女入深宫，牽動旁人草木風。
婉轉蛾眉成故事，蜀山依舊蜀江東。

往日書痕六十六首

七律　《搜神記》

已鑄雌雄雙劍成，千金一諾奮神兵。
生憎貴要欺何氏，不分康王死韓卿。
雞黍范張全舊友，明珠紫玉證三生。
搜神探異魚龍亂，志怪文章始締盟。

七律　《世説新語》

人言魏晉軼聞多，卌六分門別有科。
座上王恭無長物，酒邊石逆有餘苛。

捉刀體魄方威猛，詠絮才情正鬱婆。
得貌循聲呈妙諦，每臨佳處起吟哦。

七律《洛陽伽藍記》

櫛比昭提五色崇，當時鐘鼓動遥嵩。
危簷金暗霖霪雨，畫壁圖銷斷續風。
筆底重樓猶起霧，陌頭劫火不飛紅。
繁榮寂寞頻過眼，幾莖疏花照碧空。

七律《玉臺新詠》

東宫學士嫻宫體，淡紫繁紅不亂迷。
金闕蕭梁呈冶麗，玉台騷雅判雲泥。
翔南孔雀徘徊起，依北長駒輾轉嘶。
從古人誇好神采，桃穠李豔下成蹊。

七律　《詩品》

用事尋聲各作場，其間仲偉筆花香。
上中下品評人物，風雅騷裁判舊章。
漢妾辭宫襟袖冷，楚臣去境鬢毛霜。
文心堪與稱雙璧，一樣清流韻味長。

七律　《李太白集》

青蓮居士擅文場，撞破龍門走洛陽。
顧眄三杯思尚健，風流萬首口猶香。
難行世路鵑聲斷，百變光陰夜景涼。
鳳去臺空人已逝，一生際遇總堪傷。

七律　《杜工部集》

文章海内稱高古，詩道吾家負盛名。

典盡春衣還酒債，搔餘衰髮憫蒼生。
述懷北上憂胡月，秋興南來仰帝旌。
嘯海崩山金作土，拜鵑心事一崢嶸。

七律　《三國演義》

漢末兵殘亂已深，平原鉅野走煙塵。
聞雷畢竟曾失箸，借夢居然好殺人。
碧眼仲謀方擾擾，儒冠瑜亮正逡巡。
羽飛一死全忠義，白帝樓高有限身。

七律　《紅樓夢》

太虛仙曲繫於情，滿紙荒唐四座驚。
還淚珠圓渾不覺，化灰塵起了無聲。
箕裘頹墮甯榮種，心性戕傷金玉盟。

閱歷繁華完本色，一靈不泯證三生。

七律《天工開物》

居然人巧勝天工，制度規模掌握中。
珠玉丹青窮奐美，衣冠肴饌盡豐隆。
當時世界殊驚秀，彼日中華早沐風。
圖畫明晰新耳目，感天格物意融融。

七律《文心雕龍》

及年不娶為家貧，權借禪林作欠伸。
舉眼風光豈屬我，滿山秀色肯因人。
夢隨至聖巡行遠，筆落高文點畫頻。
一部書成心浩渺，沈生未見淚沾巾。

七律 《水滸傳》

作家應是不平人，筆底英雄恍若神。
濟困長川來時雨，扶傾野店縱麒麟。
禪師一貫胸羅酒，行者終究膽包身。
把火燒天抒憤懣，招安何事往還頻。

七律 《西遊記》

光芒斂卻寫西遊，母老家貧志未酬。
欲取真經來佛藏，方生妖霧待金猴。
沙僧荷擔雙肩重，八戒巡山滿面羞。
中土雷音千萬里，更憑龍子作驊騮。

七律 《隨園詩話》

磊落嶔崎早去官，小倉山下築隨園。

說詩咳唾荊山玉，養志屈伸高士軒。
情性何關經傳好，拙工無涉繫年繁。
夕陽芳草尋常物，慚愧鵬飛四海喧。

七律　《六一詩話》

歐公林下飲初酣，策杖隨心娓娓談。
風雨化生千丈瀑，陰晴造作滿山嵐。
新開文體操全算，弊矯西崑未盡涵。
領袖群倫攜後進，聲華千載有餘甘。

七律　《資治通鑑》

史筆由來重萬鈞，溫公情性拗無倫。
歷朝治亂滔滔下，百代風雲纚纚真。
獨樂名園人耿介，耆英好會酒清醇。

迂書撰作稱迂叟，通密孤懷藪澤新。

七律 《齊民要術》

高陽郡守還鄉曲，著作農經品位殊。
春種秋收勞點檢，霜晴雨霽費躊躕。
禾麻黍麥擇精種，牛馬驢騾育壯雛。
最是令人難釋手，資生事業有通衢。

七律 《聊齋志異》

一燈如豆影清疏，據案緇衣說鬼狐。
每逢霜天憐月冷，更澆淡酒吊魂孤。
榮枯草木齊生死，變化精靈倏有無。
十九諧言關美刺，柳泉不做筆頭奴。

七律　《情史》

宛如胡馬絶塵埃，吳下子猶天縱才。
檢閲隨心書滿握，嘯歌信手酒盈杯。
於時秦女乘龍去，終古誰生抱柱來。
應羨多情成眷屬，分明花好向人開。

七律　《掛枝兒》

公魚風度最疏狂，時調刊行擅勝場。
淺顯偏能移本性，生鮮正可繞房梁。
名教偽藥流離久，鄭衛遺音展衍長。
盡有私情成譜傳，掛枝畢竟好文章。

七律　《錦香亭》

漁陽鼙鼓果何如，收取神州入戰圖。

邂逅千城遭劫火，登臨萬里走雁奴。
將軍指斷青春在，烈士功成曠代無。
佳木奇花徒窈窕，人間天上好頭顱。

七律《希夷夢》

蜉蝣說夢警癡人，意創語新誰與倫。
夢日夷猶臣去遠，行舟瀟灑事來頻。
逞才可借彈丸地，浮石能回小國春。
擊水憑虛三百載，功名無處費精神。

七律《容齋隨筆》

風流抵掌宛如前，五筆容齋玉在田。
摭取古來文采事，著成世上物華篇。
品評甲乙雲間客，論議雌黃海外天。

樓閣能從襟抱起，明堂一躋樂陶然。

七律　《鏡花緣》

百花零落黯傷神，雲卷雲舒雨露頻。
跨海尋芳完夙願，入山探父了前因。
且圖奇女傳芳烈，不與村儒作後塵。
國有異名荒有怪，男兒裹腳更逡巡。

七律　《歧路燈》

歧路燈如教育詩，等閒莫忘鏡中姿。
一編淑世匡人語，滿紙扶危濟困詞。
百代聲華非偶寄，十分情性是前期。
紹聞能作迷途返，繁衍芝蘭自有時。

七律 《古詩源》

百派有唐稱大國，河先海後溯詩宗。
漢京古逸超而遠，魏代芳華健且雍。
好句搜羅成典憲，春潮發越出芙蓉。
斯編重對心仰止，半縷霞紅無限峰。

七律 《西廂記》

妖嬈身影幻奇芳，色比羊脂玉有香。
一笑居然臨異地，數聲已是贊空王。
如花美眷成輕夢，似水青衣識淡妝。
坐對當時增愧怍，鯫生身世亦尋常。

七律 《國語》

方臨越史自心驚，涵泳深潛味轉明。

周魯風標誇厚朴，晉邦情事看崢嶸。
桓公固有千秋略，齊語偏多仲父行。
一部説完興廢事，依然天際大江横。

七律　《八面鋒》

永嘉夫子真長策，經世鴻文八面兵。
曲折民情長在意，沉浮習氣了於睛。
村邊幾處疏籬短，池曲誰家數罟横。
愛物仁民操勝算，春塘豈必起蛙鳴。

七律　《梅魂幻》

南斌本是孽龍生，擬想梅花十二英。
造作樓臺知幻幻，消磨日月慰煢煢。
黑甜夢斷山河舊，金粉煙消草木榮。

潦倒平生發綺想，鮒魚涸轍待河清。

七律 《珍珠舶》

千奇百怪匯成編，掩卷書成笑燦然。
鬼娶活人新則幻，風牽僧道老堪憐。
斯人運命離而合，此子遭逢悲復歡。
最是背盟不義友，豈知頭上有青天。

七律 《花間集》

詞客花間蜀地多，溫柔綺靡水横波。
剪紅刻翠膩香軟，擷葉吟枝麗密多。
偶有新聲標異品，能宜後世領先河。
大端無奈乏風骨，裙帶飄揚舞袖娑。

七律 《詞綜》

釣者長蘆罷宴歸，曝書亭上覽煙霏。
有時信口陳經義，偶或傾心探隱微。
辯證音聲窮稗史，搜羅樂府起芳菲。
字斟句琢歌吹雅，仰視蘇辛山自巍。

七律 《姑妄言》

豆棚瓜架夜無眠，姑妄奇書姑妄傳。
飲啄沉浮容易事，嘯歌偃仰奈何天。
溫柔鄉裏奇情顯，錦繡叢中大道駢。
一夢黃粱日卓午，先生依舊玉樓肩。

七律 《紅閨春夢》

野樵西泠繪芳緣，名妓名流兩可憐。

一味已偕文字契，終生未出死生天。
幾番羯鼓驚春夢，數曲驪歌動暮煙。
畢竟苦心結碩果，三臺子婿了真詮。

七律 《型世言》

奎章高閣隱高崇，朗月明星現九空。
不許三言獨爛漫，早偕二拍共清通。
描摹世態生花筆，警戒人心造物功。
海外能傳堪祝禱，江山千古草隨風。

七律 《明人小品十六家》

滿眼風光娱翠堂，聊將小品戲裁量。
酒酣正可浮三白，手困猶能作九章。
蓬勃且聽騷客語，清悠好入黑甜鄉。

若逢作者結同調，樵唱山吟興亦長。

七律　《瑤華傳》二首

其一

爭名逐利閱滄桑，傀儡登臺搬演忙。
已去淫根歸悵恍，方修仙氣自汪洋。
曲終人散秋燈寂，夜半風來殘月涼。
有此香城有此筆，淋漓發越著華章。

其二

征戰匆匆二十年，淒然飲血冷刀環。
三時秋色傳刁斗，一派春溫籠故山。
無語當風宮闕遠，有心望帝庶民艱。
等閒了卻君王事，回看鴉雛未白頒。

七律　讀鵬江兄《百感集》六首

鵬江兄為人坦蕩正直，英發朗麗，寬仁博愛，有古君子風。所到之處，均能營造無窮勝意。公餘休暇，浩飲酣歌，性情真摯，論議愷切，兄弟企慕，良有以也。所歷名山大川，花草蟲魚，良辰美景，賞心樂事，至於幕天席地，友月交風，率皆吞吐於胸襟，衍化為歌詩，手揮目送之間，允稱大雅。每讀兄詩，覺光英絢爛，珠玉琳琅，胸次之間，頻生爽氣。今兄詩結集付梓，囑余為序。余自知才識淺陋，實不能當此重托，因勉成七律數首，以寫讀兄詩所生之感觸，並以此祈兄之諒解。至於兄詩之成就，譬猶精金美玉，自有重價，當不以弟之唐突而有所掩其光芒也。

其一

吞吐從容腹笥豐，長天嘉木共清風。
潺涓水起三圍合，炳煥星垂一笑逢。
我倚危欄吟百感，君憑旨酒寫孤鴻。
停雲手段期公健，詩界端嚴岱嶽崇。

其二

田園芳意漸飛飛，兄弟當年衹布衣。

碧野雲輕人不老，紅山石潤樹初肥。
前賢遠近光明鑒，舊友方直正大徽。
一帙詩成真善美，連延好韻五弦揮。

其三

黄鶴樓高雨脚虚，來遊萬里走長車。
要從水色知興替，好向山光認卷舒。
閲歷由今增舊境，文章往古誤新書。
時空流轉無窮意，異様光芒大澤魚。

其四

長留朗鏡照微塵，做事先須做好人。
奮翼經天行去遠，揚帆航海往還頻。
黨員標格高超品，名士風流迥絶倫。
方盛華年成掌握，九邊良馬正嘶春。

其五

曉月疏煙五十年，誰將心跡付鳴蟬。
沖霄擊水鯤鵬事，繼火傳薪膽劍篇。
已有長雲挾雷電，豈無巨浪阻舟船。
一般情緒蓬山路，九畹花開十萬妍。

其六

春生百感到榆槐，笑語酣歌亦滿街。
好句豈容輕散佚，餘音恰可重安排。
羨君愛恨淋漓意，愧我逡巡輾轉懷。
如此風華兼有酒，澄明心界遠塵骸。

五律 《論語》

尼山鍾秀逸，造化有奇功。
東魯來時雨，盈天披化風。
豐桃香馥郁，佳木色葱蘢。

英發皆金玉，巍然岱嶽崇。

五律　《三遂平妖傳》

仙狐傳幻術，裁紙可成兵。
嘯聚攻城野，流離去縱橫。
感天生壯士，已亂奮長纓。
攜手淩煙閣，三雄一令名。

五律　《野叟曝言》

野老真無事，春來曝日前。
英雄奮武烈，兒女着先鞭。
虎帳羅星斗，幽閨作地仙。
黄粱享富貴，休問是何年。

五律 《徐霞客遊記》

華夏山川秀，先生百代奇。
振衣過巨谷，摩頂指深池。
崖畔石成案，峰顛雲作眉。
儕攀仍向上，不懼老林危。

七絶 《新茶花》

文化西方警俗流，愛癡慎怨欲情仇。
潛來何必通消息，已見蜻蜓在上頭。

七絶 《西廂記》

乍見娉婷韻自嬌，素衣便入可憐宵。
縈迴蒙絡天涯路，未許東風舞柳條。

七絶 《太平廣記鈔》二首

其一

吴下三馮作鳳鳴，墨憨齋主更奇情。
風生大雅偏俚俗，小試牛刀寫太平。

其二

胸間塊壘鬱難舒，化作流雲彩焕如。
矮紙斜行能作草，思通萬里若憑虚。

七絶 《永樂大典戲文三種》二首

其一

張協居然敗大倫，宦門子弟錯其身。
孫屠體段由來好，搬演殷殷儆世人。

其二

大典書成幾折磨，珍稀秘本棄焚多。

一編復出塵埃淨，心事微茫逐逝波。

七絶　《花庵詞選》二首

其一

花庵詞選繼花間，詞客花庵手自編。
太白詞章存卷首，聯翩迤邐列群賢。

其二

唐宋名家海嶽心，中興景象亦森森。
文章一代非虛語，展卷憑欄感慨深。

五古　《唐宋八大家文鈔》

文起八代衰，卓然出韓翁。
大家蜂然起，一江春水東。
就中翹楚者，河東差比隆。

元祐文林盛，領袖有歐公。
歐公文斑爛，卓犖識半山。
老泉水風渙，南豐經術嫻。
次公重章法，布置指掌間。
最愛蘇髯公，高名塞人寰。
如臨滄海邊，如登嵩嶽巔。
風流稱文物，千古數坡仙。

五古 《陽春白雪》

淡庵結斯集，思緒隱龍蛇。
開篇收唱論，大樂選英華。
套曲紛爛漫，小令恒河沙。
有元曲子盛，編者真作家。

五古 《考工記》

齊人誇思巧，薈萃為考工。能治金木皮，摶埴品物豐。刮摩兼設色，工藝並流通。諸般長技藝，盡在一卷中。

賀新郎 《史記》

耕牧河山側。對龍門、渾茫禹鑿，羨其神力。頭角崢嶸襟抱起，滿腹鴻圖典籍。更遍歷、江淮南北。文物川原收眼底，訪民情，輾轉行鄉邑。雲水繞，雨風激。

扈從奉使無閑隙。有心人、平章故事，網羅陳跡。矢盡李陵終不死，遺恨身非木石。連累了、紅塵琴瑟。孤憤填膺誰告愬，著奇書，髮露英雄筆。精魄在，淚光射。

玉漏遲 《夢溪筆談》

對溪邊綠草。蕭然筆硯，雲蒸霞繚。遥想浮生，心事澗濱林杪。疏水平田獨任，點綴得、江南春早。紅日杲。詞鋒北向，略抒襟抱。九軍陣法新詳，奈世路紛紛，中心如擣。檢校光芒，來記萬般技巧。晚歲蟲聲四壁，恣談謔，山高人老。多創獲，憑打破天荒好。

漁家傲《山海經》

瑰麗裔皇新世界。人間誰著經山海。驩首奇肱千萬載，高復矮，虚荒誕幻思超邁。　清濁古今成與敗。珥蛇逐日何須解。精衛銜枝心不改，波濤駭，横飛小翼來天外。

離亭燕《掛枝兒》

食色天然循轉。人物風流腸斷。春去春來花萬朵，畢竟番番飄散。雙燕冷空巢，孤負小山眉眼。　一别楓汀蓼岸。難剪秋江湙漫。離合悲歡多少事，欲説營營還亂。何不展仙音，消盡大千幽怨。

蝶戀花 《京本通俗小説》

俗雅相生風調好。靈物西山，百事舒綿渺。主管志誠惹纏繞。荆公性氣由來拗。　碾玉古今稱禍巧。生死恩深，福報爭遲早。市井繁華人醉飽，漫翻京本除煩惱。

六幺令 《再生緣》

才高詠絮，未做世間別。直面乾坤造化，卓犖出群傑。一去經夷歷險，無處避風雪。男裝如鐵。胸羅珠玉，顛倒鬚眉看英發。　默思來今往古，真堪破愁絶：這般輕取頭名，入贅燭明滅。富貴得如唾手，恰似履元轍。春雲忽泄。奇崛女子，不慕團圓嘔其血。

附录

書法名城中國烏海萬人書太陽神記

惟我烏海，闊野風清，崇山龍起。河九曲以從流，歌盈城以超逸。驥足開而掣電誰先，鵬圖展而摩雲孰似。發榮吐秀，光英煥乎其表；固本含章，道德蘊乎其裏。

懿乎市轄三區，木名四合。根承荒古而瓜瓞綿邈，本匯諸因而枝葉婆娑。歷久貞剛，儼若吾儕之心志；有容坦蕩，洵為斯世之規模。

況有天寶干雲，物華泛彩。蒼岩刻太陽之神，乃凝乃迷；初民奉大日之祭，如潮如海。當以懸象著明，麗天普照於八方；應期分輝騰瑞，與物同欣於億載。

今我烏海，萬眾揮毫，穆穆雍雍。積頻年之素養，奏一旦之膚功。桌子山舊刻痕，日星炳耀；基尼斯新紀録，筆墨鮮濃。黄髮怡然，共襄茲城之勝舉；垂髫和樂，齊暢書界之宗風。乃有歌者曰：

嘉木四合，渺焉有徵。守望光芒，刻日之精。

文物風流，魅力四射。萬人作書，磅礴恢宏。

重修大召寺碑記

大召，建成于明萬曆七年（西元一五七九年），迄今已閲四百二十度春秋。其間雖屢有修葺，無如時代風雨，世道滄桑，剝蝕破損，允稱嚴重。降及十年浩劫，寺壞不修。圖像之威，汗漫迷離，梁棟青紅，退故難治。實未足以揭虔妥靈，發揚祥慶。有識之士，耆舊之人，每為歎惋。及至改革開放，百廢俱興。西元一九八三年，内蒙古自治區人民政府批准，呼和浩特市政府決議重修大召寺。該年五月開工，一九九六年告峻，耗資二百二十萬，其中國家投資一百八十萬，餘皆為市佛協募得。工成，咸願刻石以著厥美，乃為辭曰：

重修大召，十有三年，舊觀盡復，新彩斐然。

金瓦煌煌，昔時榮顯；雕梁穆穆，此地莊嚴。

東西二樓，拔地而起，晨鐘暮鼓，響徹九天。圖像生威，香火日盛。諸召拱衛，蔚成大觀。背倚青山，方將有靈於斯土；面對玉泉，必能賜福於人寰。

中國少數民族文學館記

少數民族文學，燦若星彩，焕如雲霞。起東風以天地，拱北辰於邦家。人物秀出，佳木森列，成果豐碩，秋水無涯。洵為祖國之瑰寶，實乃社稷之英華。

乃有特賽音巴雅爾教授，文章孤詣，學術精通，惜眾彩之分殊，發願力之恢宏。奔走號召，道途響應，溝通協調，朝野風從。集豐沛之人脈，倡建文館，搜斑斕之天寶，奏其膚功。

惟我內蒙古師範大學，邊疆教育重鎮，文學研究前沿。弘揚民族傳統，曰珍曰重，重視文化積累，乃容乃涵。念茲在茲，於斯有年。甫聞特公倡議，春光湧動，一經黨委決策，便着先鞭。建輝煌之鉅館，於盛樂之新園。築切雲之枝巢，來乘風之羽燕。

茲事既開，舉國歡欣。接賓客於萬里，羅典冊其紛紛。況有碩儒名流，均加呵護，部長總理，特予垂詢。崇文華而襄盛舉，撥鉅款以布德音。於是斯館功成，展覽布就。圖籍充棟，書卷連雲。永存山川之奇氣，共培華夏之靈魂。歌曰：

文館煌煌，於焉肇基。和林新校，鳳凰之池。
十萬雲程，常來遠客，三千羽燕，齊上青枝。
盛世修文，德配天地，民族團結，永世不移。

呼和浩特賦

天堂草原，有明珠焉，厥維青城。倚陰山之巍峨，聆黃河之鏗訇。抱長川入衣襟，風格峻茂；懷芳草當胸臆，品類清榮。牧歌響亮，嘗停白雲於林表；良驥風馳，每引壯志於青冥。況有拔地樓高，林林總總；富民市近，沸沸盈盈。馬龍車水，漸繁華以盛大；花海人潮，獻異彩而含宏。

自昔靈鳥徘徊，神龍隱顯，名大郡以雲中，築長城於天際。今夫托克托境，八公里之趙壁猶存；史跡史乘，兩千年其載籍未替。至於農牧通，茶馬易，諸族融，百姓齊。盛樂都興，敕勒歌音聲遞延；豐州塔聳，名王業步武相繼。風雨滄桑，積草原精神以涓流，日月居諸，培中華文明之活力。乃知此地化育生息，年淹代久，積漸自雄，良有以也。

洎乎土默特部，阿勒坦汗，始駐牧於豐域，終一統于漠南。攜三娘子為內助，砌四圍城以青磚。是以城郭表裏，蒼蒼共水天一色；門戶高低，隱隱偕黎庶同歡。蒙語徑呼為庫庫和屯，漢譯青城，像其色也；明朝循例以揚其政教，賜名歸化，有私意焉。城方竣事，汗即賓天。諸族親睦，三娘承夫遺志；百姓安堵，九邊息其烽煙。方其時也，誠風和而日麗，洵草美而花妍。惜乎清人一炬，幾焚歸化為焦土；幸哉康熙三復，新增綏遠作鎮藩。降及滿清末造，城聯新舊，因曰歸綏，歸化綏遠之省稱也；至我人民中國，義尚和平，乃謂青城，呼和浩特其正名焉。

稽其茫茫古今，覽乎卓卓英傑。大窯遺址，早別人猿；花崗燧岩，難分石鐵。呼韓邪三覲長安，親結漢甸；王昭君一出塞北，樂融冰雪。報國紅顏，及今佳話相傳；拂雲青塚，從古芳華未歇。乃有仁愛通和，長原者我之氣象，莊嚴雄偉，高山者我之心魄。若夫於近史標英名，於祖國獻忠節，榮耀先肇其端，多松年揚其烈。復有李生裕智，大義深明，為抵制日貨而疾呼；榮君塞翁高才獨運，期發展故園以殷切。至於雲澤出，時雨徹，身投革命，心繫民瘼。首創內蒙古自治政府，祈祝草原萬里之吉祥；踐行共產黨民族政策，宣導吾華一體之團結。誠亮節而高風，洵雄才其偉略。

人民共和國成，鵬翔萬里；民族自治策定，鶴翥九天。改革開放，起春雷驚大地；西部開發，來時雨潤良田。新世紀萬馬奮蹄，我青城着其先鞭。其社會也，穩定和諧，律呂調而風俗美；繁華興隆，品物阜而萬民安。達小康固基礎，降福祉佑草原。其經濟也，騰龍躍虎，追風掣電，歷塊過都，爍古空前。打造中國乳都，成陣勢以互補；建設經濟園區，形犄角而相環。連續六年，GDP增速居省會城市之首位；方歷五載，地區生產總值已然接近翻兩番。創上流之佳績，成一代之偉觀。其地域也，有四轄區，分其城而輻湊；有五旗縣，為其郊而聯翩。西接大陸橋通歐亞洲，東鄰京津唐達渤海灣。開放帶、開發帶於此交匯，蒙古國、俄羅斯與之毗連。與包鄂合而為金三角，追沿海平而臨新拐點。其交通也，陸上空中，憑君遨遊，天涯海角，任爾往還。況復首府總自治區之樞要，名城為共和國之屏藩。攜三盟其比翼，聯七市而並肩。於是東西邊境線，八千里雍雍整肅；三北防護林，數十年穆穆森嚴。其氣候也，春季風和日麗，夏季暑而不炎；秋則天高氣爽，冬則雪而不寒。偶有風來，姿態萬千：方其盛也，日月因之失色；及其微也，細沙與之周旋。喻其剛也，捲一川碎石而弗顧；言其柔也，撫幾莖嫩草而留連。有智者曰：斯亦造化生成，豐富生活者矣。

原夫青城民風，首重包容。雖博大以罕及，豈曲高而難同。言民族，則有蒙漢回滿等卅六族焉，而以蒙古族為主體，各民族互敬互讓，載親載近；言宗教，則有佛道清真等六門類焉，而推喇嘛教為最盛，諸宗派共存共濟，無鬥無爭。他如故鄉或南或北，均接納以呵護；方言有西有東，任訴說而傾聽。容有異風殊俗，盡心力而同歡娛；何況同德一意，經風浪而結友盟。縱使錯亂菜譜，易醬油為老醋；無妨混沌味蕾，認醋爽作鹽濃。臨大事不糊塗，學人長去己短；成偉業唯篤重，存小異求大同。譬如草原，積寸草以成其大，亦猶青山，因衆土而崇其峰。

放眼乎今之青城，巍巍然現代都市。商業街偉廈流光，居民區閭閻撲地。寫字樓頭，上班族依序而繁忙；護城河畔，休閒者縱心而嬉戲。體育場賽馬場，閱神駿以誰先；博物館展覽館，留風華而奚替。國際會展，接四方賓客以從容；現代物流，輸天下財貨之迢遞。大學園區，學子莘莘；文化場所，鶯歌嚦嚦。蒙元文化街，養來今往古之雄心；成吉思汗路，展友月交風之魅力。若夫訪大窯村，登五塔寺，聽召廟之梵音，尋玉泉之舊跡。仰昭君墓之青青，臨華嚴塔於寂寂。至於祭敖包以三匝，乘駿馬而千里，習騎射則長天如蓋，燃篝火則繁星似洗。待嘉賓以全羊，氣勢如虹，獻勝友以哈達，雲天像義。方其時也，身置草原之中，心繫弘揚之旨，嘉遺產之猶存，喜流風之未已。歌長調之悠悠，豈必絲簧；

吟呼麥以恢恢，一空傍倚。聽馬頭琴，感渾厚與蒼茫；賞民族舞，覺潺湲而流麗。始知草原文化，博大精深，非虛語也。

今當自治區六十華誕，佳期將至，吾賦初成，記偉績於萬一，美盛業以無窮。至若接高朋之殷勤，載歌載舞；開慶典之隆重，乃昇乃登。斯亦青城之風格，出於自然者矣。君其待之。

後記

在這個集子即將出版之際，我禁不住想起了四十年前的兩段生活經歷，這兩段生活經歷不但對兒時的我産生過極其重要的影響，而且一直是我後來讀書和寫作的不可替代的精神動力和源頭活水。

一段是關於我的母親的。我出身農家，當時農村對孩子上學不太重視。學校常常放農忙假。幾乎是上一段課就要放上幾天假。所以，我們既是學生，也是小農民。就是不放假，我們也不能一心一意地讀書。早上，我們要幹一些自留地裡的活計或家務活才去上學，放學後，撂下書包，就要去勞動。晚上，大家都回來了，活也沒有了，有的家境好一些或是父母開通一點的學生可以看書學習，但不少學生也仍然不能看書。一是大家對學習不重視，二是當時沒有電燈，點燈熬油的，一般人家裡也不願意。常聽人們說的是：「念書再好有什麼用？還能念出個狀元來？」我的家人對我讀書的態度還算可以。有時我看書看到太晚，當家的人會嘮叨幾句，或者有一點不悅，我也能理解，家裡畢竟生活不富裕，人口又多，還是越節省越好。我母親為了讓我能多看一會書，就天天晚上在燈下做針線活，做針線活，晚上是可以點燈到很晚的。那時，母親在炕上坐着縫縫連連，我則在炕邊的地下，坐在一個凳面破裂的凳子上看書，母子二人對着一盞油燈，先是不帶罩子的煤油燈，後來是有罩子的「保險燈」。有時，母親勞累了一天，縫補一會就睏了，手裡拿着針線打瞌睡，我一叫她，她馬上就醒來，醒來的第一個動作，十有八九是抬起拿針的右手，到頭髮上把針輕輕蹭一蹭，然後又幹起活來。有時，母親還會輕輕地哼幾句小曲或平劇，那聲音還真是婉轉動聽。如今，儘管已事隔四十年了，母親去世也已近二十年了，然而當時情景，在我的記憶中依然十分清晰。生死凡天，不勝慨歎。

一段是關於我的父親的。農村對於年節十分重視，過年總要貼春聯。父親是典型的農民，因為念過幾年私塾，會寫毛筆字，是村子裡為數不多的幾個會寫春聯的人之一，於是一到農曆臘月末，春節將近，父親就忙起來了，寫完了這家寫那家。那情形是，炕上放着炕桌，桌上放着紅紙與筆墨，連圍着看的人都很興奮，不要說寫的人了。我小時候就常常幫着抻紙，磨墨。後來，父親寫春聯，有時會讓我幫他想個詞兒。再後來，乾脆就讓我幫他寫了。我寫春聯，字自然是不如父親的好看，但是，父親說我的詞兒新，而且想詞兒想得快，寫得也快。現在想來，寫得快恐怕不是什麼好事，字不用說一定特難看，但想詞兒想得快，恐怕應該算是開啟了我最初的寫作之門，對我後來的詩詞創作是有初始意義和很大影響的。另外，我父親在村子裡算是能看書的人之一，一到農閒時分就給親戚朋友們念書聽，念的書好多是帶鼓詞的，要用通行的調子連念帶唱，像《合同記》、《二度梅》、《十粒金丹》、《施公案》等等。能念書，也自然能講故事，中國的一些傳統大書，包括流傳廣泛的說唐、楊家將等系列故事，我大多是從父親那裡知道故事梗概的。「唐一車，宋一擔，車車拉拉響馬傳」，秦瓊、秦山、秦英，大西唐、少西唐，薛仁貴、薛丁山、樊梨花，楊令公、七郎八虎、楊宗保、楊文廣……這剪不斷的一串串故事，一講就是一個冬天，一琢磨就是一年。今年，我的父親八十二歲了，依然耳不聾，眼不花，精神旺健，依然喜歡看古代小說唱本，他的健康長壽給我以最大的幸福。

我們處在一個偉大的時代，諸項事業蓬勃發展、日新月異。我現在的感覺是「家國新春開四面，鄉園喬木長三圍」，為此我心中洋溢着駘蕩與喜悅。在這個集子裡我用全身心擁抱並表現了這點蕩喜悅的情緒。我也願意將這點蕩喜悅的情緒奉獻給所有的讀者。

承蒙中國社會科學院文學研究所研究員王學泰先生為本書作序，先生文章德業，素所欽仰，在此深致謝忱。

真誠感謝所有閱讀這些詩詞的朋友們。

鄭福田

二〇〇九年十二月十八日